치유의 숲길에서
나를 만나다

치유의 숲길에서
나를 만나다

숲해설가 장 이 기

도서
출판 **더 로드**
The Road Books

프롤로그

　우리는 헤아릴 수 없이 많은 인연 속에서 살아간다. 수많은 인연 중, 나와 숲과의 인연은 내가 가장 힘들고 어려울 때 맺어진 인연이라고 할 수 있다. 나 자신의 가치가 송두리째 부정당하고 존재의 의미를 찾을 수 없었을 때, 나는 숲과의 인연을 통해서 나의 존재 가치를 확인할 수 있었고, 그것이 내 삶에, 다시금 인생을 살아갈 수 있는 활기를 불어넣어 주었다.

　숲과의 만남은 나 자신의 존재 의미와 가치를 확인하고 회복할 수 있는 시간들이었다. 숲은 소중한 내 생활의 터전이 되었고, 숲에서의 생활을 통해서 자신을 돌아보고, 내려놓는 삶의 지혜를 터득하기도 했다. 숲은 나에게 이전과는 전혀 다른 새로운 삶을 선물해 주었다.

　나의 존재를 확인하고 내가 누구인지를 알기 위해 그동안 살아왔던 삶을 정리해 보기로 했다. 어린 시절부터 지금까지, 70여 년이 되는 삶을 돌아보다 보면, 나 자신이 어떤 사람인지를 조금은 더 잘 알 수 있을 것이다.

　또한 앞으로 남아있는 날들을 어떻게 살아야 하며, 내 삶은 어떻게 마무리되어야 할지를 생각하고 준비하고자 한다. 이를 통해 내가 어떤 존재인지를 희미하게나마 알게 된다면 이 또한 의미 있지 않을까 싶다.

　나는 어디에서 와서 어디로 가고 있는가? 내가 마지막으로 가게 될 그곳은 과연 어디인가? 별일이 없다고 전제한다면, 십여 년이 지난 후에 나는 분명히 어딘가에서 나의 생을 마감하게 될 것인데 그곳은 과연 어디일까?

　누군가는 그러한 물음에 대한 답을 구하고자 스페인 산티아고의 순례길을 끊임없이 걷고 또 걸었다는 글을 본 적이 있다. 굳이 외국에 소개된 순례의 길을 찾지 않더라도 주변의 올레길이나 둘레길을 찾아서 걷다 보면 혹시나 답을 찾을 수도 있지 않을까 하는 생각에 나도 숲길을 걷기 시작했다. 날씨가 맑은 날은 맑은 대로, 흐리고 비가 오면 비가 오는 대로 비를 맞으며 숲을 찾아서 걷고 또 걸었다.

수많은 사람들이 내 등 뒤에서 나를 비웃을 때도 나는 나의 길을 묵묵히 걸어왔다. 무엇을 위해 나는 그토록 걷고 또 걸었을까……

크고 작은 나무들과 여러 가지 구성요소로 이루어진 숲은 그 자체가 하나의 소 우주이다. 그 속에서 나는 한없는 삶의 소중함을 배울 수 있었고, 내게 주어진 인생 앞에서 겸손해질 수 있었다.

나무가 생을 마치는 순간 숲속에 쓰러져 분해되고 땅속으로 스며들어 다른 나무의 거름이 되는 모습을 지켜보노라면, 나무가 죽는다고 그냥 없어지는 것이 아니라 또 다른 새로운 삶으로 순환되고 있음을 깨달을 수 있었다. 이렇듯 숲은 나에게 자신의 존재를 돌이켜 보게 하는 정신적인 삶의 터전이자 깨달음의 장소였다.

생명이 있는 모든 것들은 반드시 그 생을 마감해야 하는 때가 온다. 우리의 인생 또한 결국에는 생의 마지막을 맞이해야 하는 존재이다. 누구도 예외 없이 공평하게 주어진 운명이다. 우리 인간의 지성으로는 끝이 있다는 것만 알 수 있을 뿐 그 이상은 아무것도 알 수가 없다. 그러하기에 살아 있음을 의식하고 있는 지금 이

순간이 너무나 소중하다. 잠시도 허투루 보낼 수가 없다. 무엇으로 나의 소중한 하루를 채워가야 하는지는 가장 중요한 문제가 된다.

　스무 살이 될 때까지는 살아가야 할 앞날을 준비하느라 여러 가지 고통과 고뇌 속에서 고민하고 방황했던 시간들이었다. 대도 시에서의 대학생활과 직장생활은 새로운 생활 터전을 마련하기 위한 처절한 몸부림이었다고 할 수 있을 것이다. 미8군에서의 군 생활은 우물 안에서만 살아온 개구리가 우물 밖을 내다 볼 수 있 었던 엄청난 경험이 되었다.

　나는 이제 인생의 마지막을 준비해야 할 시기를 맞고 있다. 어 떠한 생명체도 거부할 수 없는 자연의 섭리대로 내게 주어진 시 간을 살다가 커다란 고통 없이 고요히 죽음을 맞이하고 싶다. 그 러기 위해서 나는 이제 무엇을 어떻게 준비하여야 할까?

　나에게 남겨진 사랑을 다 주고 가야겠다. 그 사랑은 배려와 공 감과 소통이며 욕심 없는 사랑이다. 그런 사랑이었으면 좋겠다.

　삶이 고달프고 힘들 때는 치유의 숲길을 걸어보자. 걷고 또 걷 다 보면 그곳에는 살아야 할 또 다른 길이 있다는 것을 스스로 발 견하게 될 것이다.

오늘의 나를 있게 해 준 나의 가족들!
"미안하고, 고맙고, 사랑합니다."

출판에 도움을 주신 조현수 사장님께도 감사를 전한다.

칠순의 고희의 나이에
2021년 여름 장 이 기

차례

제 6 장 _ 숲에서 온 편지

밀양 영남루 전경

제 1 장

밀양 아리랑

내 고향,
멋진 아지트

　어린 시절 내가 자란 곳은 벼농사를 주로 하는 평야 지대였
다. 그때 당시에 이미 경지정리가 되어서 넓은 들판을 볼 수 있
는 곳이었다. 논에서는 보리농사와 벼농사를 위주로 했었고 밭
에서는 감자나 옥수수, 참외, 수박과 무, 배추 농사를 주로 했
다. 보리를 수확할 때는 도리깨로 보리알을 털었는데 보리알
터는 것을 구경하다 보리알에 붙어 있는 가시가 살에 붙어 무
척 따갑고 아팠던 기억이 난다. 그때는 지금 사용되고 있는 탈
곡기는 상상도 할 수 없는 때였고, 보리 수확은 도리깨로만 해
야 했다.
　당연한 말이지만, 보리타작하는 날은 비가 와도 안 되고, 흐
린 날도 좋지 않다. 보릿단이 햇빛에 잘 말라야 낟알이 잘 떨어
지기 때문이다. 한여름 뜨거운 태양 아래 보리를 타작하던 어

른들의 검게 그을린 얼굴이 아직도 어렴풋한 기억 속에 남아있다. 옷이 흠뻑 젖도록 구슬땀으로 뒤덮였던 그들의 모습 속에서 곡식을 추수하는 농부의 풍요로운 마음이 전해오는 듯했다.

내가 살았던 곳은 낙동강을 사이에 두고 밀양시와 김해시가 경계를 이루는 지역이었다. 나룻배를 타고서 강을 건너면 바로 김해시여서 어릴 적 친구 중에는 공립중학교를 다니기 위해 나룻배를 타고 통학하는 친구도 있었다.

뜨거운 여름철이면 친구들과 함께 강에 가서 물놀이를 하면서 놀았다. 물이 휘몰아쳐 가는 일부의 구간을 제외하고는 강물이 깊지 않아서 물장구를 치면서 놀기에 아주 좋았다. 발바닥 아래로는 부드러운 모래가 깔려있어 다칠 위험이 없고, 간섭하는 어른도 없었기에 그곳은 그야말로 멋진, 사내아이들의 놀이터였고 우리들만의 아지트였다. 물장구를 치기도 하고 친구들과 반도(족대)로 물고기를 몰아서 잡기도 했다. 햇살에 반짝이며 하늘 위로 솟구치던 물방울들은 보석처럼 빛났다. 발가락 사이로 빠져나가는 모래가 너무 부드러워 계속 발장난을 하며 쳐다보고 있으면 시간이 멈춘 것 같았다.

몸이 추워지면 강가로 나가서 따끈한 햇볕을 쬐며 몸을 말렸다. 나뭇가지를 모아 불을 피우는 것도 재미있었다. 떨어진 나뭇잎이나 얇은 종잇조각들을 모아 돋보기로 비추고 있으면 잠시 후에 연기가 모락모락 피어오르기 시작했다. 그러면 조금씩 입으로 살살 후후 불며 열심히 불씨를 살렸다. 그렇게 불을 피우면 그 불에 우리가 잡은 작은 물고기도 구워 먹고, 젖은 옷도 말렸다. 뜨거운 태양 아래서, 더 뜨거운 불을 피우며 놀던 아이러니한 어린 시절, 우리들의 맥락 없던 놀이가 그리워진다. 지금은 이런 것을 상상할 수 없지만 내가 어릴 때는 종종 친구들과 동네 아이들이 모여 불장난을 하며 시간을 보내기도 했다. 어른들은, 불장난을 하면 밤에 잘 때 오줌을 싼다고 말리곤 하셨지만, 지금 생각하니 불장난 자체가 위험했기에 그런 말씀을 하지 않으셨나 싶다. 지금은 낙동강 하류 개발사업(4대강 사업의 하나)으로 옛날 밭이 있던 곳은 캠핑장으로 사용되고 있다니 격세지감을 느끼게 된다.

수박밭이 캠핑장으로 변신

한 여름 벼가 심긴 논에서는 제초작업을 하는데 그때는 요즈음처럼 약재를 살포하는 것이 아니라 일일이 사람 손으로 해야 했다. 고랑을 따라서 풀을 직접 뽑거나, 고랑을 밀고 다닐 수 있는 기계를 사용하여 사람이 직접 끌고 다니면서 제초작업을 했다. 벼는 줄을 따라 심겨있기 때문에 가로로 한번 쭉 밀고, 세로로 또 한 번 밀어서 제초작업을 했다.

어린 나이에 손을 보태겠다고 나서기도 했다. 그러나 머리 위에서는 뜨거운 햇볕이 내리쬐고, 발은 흙 속에 파묻혀서 한 발짝을 옮기는 것도 힘들었다. 고랑을 따라서 하는 제초작업은 어린아이였던 나에게는 무척이나 힘에 겨운 일이었다.

논에서 자란 벼의 가을 추수는 탈곡기로 했다. 어릴 때는 사람의 힘으로 힘껏 밟는 탈곡기였으나, 얼마 지나지 않아서 모터를 사용하는 탈곡기를 사용하게 되었다. 사람이 직접 밟아서 작동하는 탈곡기는 두 사람이 힘을 합쳐서 하는 형태였으나, 전동모터에 연결하여 사용하는 탈곡기는 세 사람이 동시에 작업할 수 있는 진보된 농기구였다. 탈곡기로 수확을 하기 위해서는 벼를 베어 말리고 일정한 크기의 단으로 묶는 작업이 선행되어야만 했다.

가을 추수가 어느 정도 끝나고 나면 이삭줍기가 시작되었다.

벼를 베고 나서 단을 묶지만 떨어져 있는 낱알이 있게 마련이다. 이것 하나도 놓치지 않고 알뜰하게 주웠다. 어느 때는 학교에서 벼 이삭줍기 숙제를 내주는 때도 있었다. 추수를 하고 남은 벼 이삭이 떨어지면 얼마나 떨어졌을까 생각했지만 막상 친구들과 함께 나가 벼 이삭을 줍기 시작하면 한 가마니가 훌쩍 넘게 나올 때도 있었다. 정말 티끌 모아 태산이라는 속담을 실감하게 하는 순간이었다. 요즈음 사람들은 철새의 먹이로 남겨 놓아야 한다고도 하고, 아예 주울 생각조차 않는 경우도 많다. 그만큼 먹을 것이 흔한 세상이 되었다는 뜻이리라.

가을 추수가 끝날 무렵의 논의 도랑에는 미꾸라지가 무척 많았다. 물이 흐르는 방향을 잘 골라서 통발을 놓으면 미꾸라지를 많이 잡을 수 있었다. 제초제를 뿌리지 않고 농사를 지었기에 미꾸라지가 많이 살지 않았나 싶다. 시래기와 함께 끓인 추어탕은 정말 맛있는 음식이었다. 지금 먹는 보양식과는 비교가 안 될 만큼 영양 면에서 탁월한 보양식이었다.

요즘도 가끔 생각이 나서 잘한다고 소문난 음식점을 찾아가서 먹어보면 옛날에 시골에서 먹었던 그 맛이 아니다. 먹을 것이 그리 풍족하지 않던 시절, 일 년에 한두 번 먹을 수 있는 귀한 보양식이었기에 더욱 맛있게 느껴졌는지도 모른다. 산초가

루(초피나무의 열매껍질을 갈아서 만든 가루)를 듬뿍 뿌려 먹었던 그 맛은 어디에서도 찾아볼 수가 없다. 내가 시골에서 먹었던 추어탕은 미꾸라지를 가마솥에다 푹 삶아서, 뼈는 체에 걸러내고 살코기와 시래기, 양념을 듬뿍 넣어서 끓인 추어탕이었다. 내가 먹어본 추어탕이 전부인 줄 알았는데 다른 추어탕도 있다는 것을 최근에야 알게 되었다.

수박서리

밭에서 참외와 수박이 익어갈 무렵이면 원두막을 지어놓고 가족 중 한 사람이 원두막에서 지내게 되었다. 우리 집에서는 할머니가 주로 원두막에 가 계셨는데 나도 할머니를 따라서 원두막에서 지내는 시간이 많았다. 더운 여름철에 사방이 확 트인 원두막에서 지내는 것은 즐거운 시간이었다. 원두막에 모기장을 치고 잠을 자게 되면 무척이나 시원하고 편안했다. 가끔 낮에 낮잠을 자다가 원두막 아래로 떨어져서 그렇지, 그때는 그나마 그것이 뜨거운 여름을 시원하게 보내는 방법이었다. 크게 다치는 일은 없었으니 천만다행이었다.

여름 장마철에 한꺼번에 비가 많이 내리면 밭에 있는 참외, 수박과 함께 원두막이 떠내려가기도 했다. 낙동강 상부에 있는 각종 댐이 만들어지기 전이라 큰 비가 오기만 하면 홍수가 나기 일쑤였다.

밭이 있는 둑에서 바라보면 시뻘건 황토물이 엄청나게 많이 불어서 저 멀리 건너편 둑이 겨우 보일 정도였다. 밭이 있던 자리는 마치 누런 바다처럼 넓어 보였다. 시뻘건 황토물과 함께 온갖 쓰레기와 동물의 사체가 떠내려 오는 모습을 볼 수 있었다. 어린 마음에 너무 무서웠던 기억이 난다. 그 당시의 자연재해는 그냥 넋 놓고 당할 수밖에 없는 사고와 같았다. 천재지변을 미리 예방한다는 것은 불가능한 것인 줄 알았다. 지금은 낙동강 상류에 각종 댐 공사와 치수사업으로 인하여 아무리 비가 많이 와도 비로 인한 피해는 없다고 하니 얼마나 다행인가!

나는 어려서부터 어른들한테는 그리 공손하지는 못한 아이였던 것 같다. 어찌 보면 버릇없고 당돌한 아이라고 여겨졌을 수도 있겠다.

한 번은 친구들과 강가에 놀러가려고 했는데, 가기 전에 수박을 따가지고 어깨에 메고서 놀이터로 향했다. 밭에 널브러져 있는 것이 수박이다 보니 남의 것, 내 것에 대하여 별다른 개념이 없었다. 우리 밭은 강둑으로 가는 길에서 멀리 떨어져 있었다. 친구들과 나는 빨리 놀고 싶은 단순한 마음에, 강가로 가는 길에 있던 수박밭에서 먹음직한 수박 한 덩이를 따서 가져가고 있었다.

친구들과 어울려 강으로 향하고 있는데, 뒤에서 누군가 소리를 치며 쫓아오는 사람이 있었다. 친구들은 전부다 뛰어서 도망을 쳤지만, 나는 수박을 가지고 있어서 도망을 가지 못하고 그 사람에게 붙잡히게 되었다. 지금 생각하면 웃음이 난다. 수박을 버려두고 도망을 가면 되었을 것을 왜 그 무거운 걸 들고 뛰고 있었을까?

쫓아오신 분은 아랫동네에 사시는 아저씨였는데 안면이 있는 분이었다. 그분은 내가 자기네 밭에 있는 수박을 몰래 가져간 도둑놈이라며 나를 심하게 꾸짖었다. 그것이 남의 것이라는 사실을 크게 인식하지 못했던 내 입장에서는 조금 억울하기도 했다. 하지만 주인이 나타났으니 일단, 잘못했다고 사과를 했고, 다시는 그러한 행동을 하지 않겠다는 약속을 했다. 그리고 정원하신다면 우리 밭에 있는 수박을 따서 갖다 드리겠다고 했다. 어디서 그런 자신감이 나왔을까?

그런 나의 당돌함에 그분은 적잖이 놀라신 모양이었다. 어린 것이 전혀 겁먹지 않고 꼬박꼬박 말대꾸를 하니 그럴 만도 했을 것이다. 잘못된 행동에 대해 책임지려고 하는 나의 모습이 당황스러우셨던 걸까? 아니면 기특하셨던 걸까? 어르신은 금세 화가 누그러뜨려지는 모습이셨다.

요즘에 그렇게 하면 절도죄에 해당하지만, 그 당시만 해도 수박 한 덩이 따서 먹는다고 그리 흉잡힐 행위는 아니었다. 오히려 먹고 싶으면 말을 하지 그랬냐고 말씀하시는 분도 계셨다. 잘못을 뉘우치고 사죄를 하면 같은 동네, 혹은 옆 동네에 건너 건너 아시던 사이셨던 어른들은 자기 아들딸처럼 타일러주시는 분들도 많았다. 그때의 시골 동네에서는 이런 광경을 자주 볼 수 있었다. 한 아이를 키우려면 온 마을이 필요하다는 아프리카 속담처럼 정이 많은 시대였다. 옛날의 정이 그리운 건 오늘날의 각박해진 인심 때문일까? 아니면 내가 나이를 먹었다는 증거일까?

수박서리 사건이 나에게 충격이었던지 그 사건 이후로는 아무리 사소하고 흔한 것이어도 내 것이 아닌 것을 가져오는 일은 없었다.

학생
월간지

　시골에서의 생활이 도시 생활과 특별하게 차이가 나는 점은
똑같은 일상이 매일 반복되는 단순한 삶이라는 것이었다. 게다
가 문화생활과는 더더욱 거리가 멀었다. 지금이야 집마다 TV
가 있어 어릴 때부터 만화를 보기도 하고, 유익한 학습 영상들
도 많이 볼 수 있다. 게다가 마음만 먹으면 가까운 영화관에 가
서 보고 싶은 영화를 볼 수도 있다. 하지만 내가 자라던 때만
해도 영화는 일 년에 한두 번 시골 둑방에 천막을 쳐 놓고서 영
사기를 돌려주는 형태였고, 그나마도 아이들은 들어가지 못하
게 해서 밖에서 서성이며 희미한 소리로 듣는 것이 다였다. 책
이라고는 학교에서 보는 교과서 외에 사랑방에서 가끔 보는 소
설류 몇권이 전부였던 시절이었다.

　늘 일손이 부족하던 시골에서는 어른들이 농사일을 하러 나

가시면, 아이들은 학교에 다녀와 소를 먹이러 산이나 들로 나가거나, 나무를 해오거나, 소 먹일 풀을 베어오는 등의 집안일을 도와야 했다. 소먹이러 나가서 뭉게구름 흘러가는 하늘을 쳐다보면 그것이 아이들에겐 그림책이 되었다. 바람 따라 바뀌는 구름 모양을 보며 스스로 이야기를 꾸며내면 그 이상 멋진 동화책이 없었다.

꼴망태를 메고서 소 먹일 풀 베러 갔을 때는 친구들과 풀을 한 뭉치씩 모아놓고 낫걸이 놀이를 해서 이긴 친구는 다른 친구가 벤 풀을 가져가곤 하면서 놀았다. 소가 풀을 먹게 해 놓고서, 개구리를 잡았다. 친구들과 옹기종기 모여 앉아 모닥불을 피우고 뒷다리 껍질을 벗겨 양철판 위에서 구워 먹었던 그때의 일들이 그나마 즐거운 추억거리다. 배고팠던 시절 우리들의 훌륭한 간식거리였던 음식들은 지금의 아이들이 들으면 어느 나라 이야기인가 하며 신기해할 것이다. 지금 생각하니 그야말로 순도 100%의 자연친화적인 놀이였다.

국민학교(지금의 초등학교) 고학년이 되면서 무언지 모를 정서적인 목마름이 마음속에 가득하게 되었다. 그 무렵 가까운 친구 중 한 명이 서울에 있는 이모네(외가댁)로 공부하러 간다고 전학을 갔다. 그때는 그 친구가 무척이나 부러웠다. 겨울방학이 되어 서울로 유학을 간 친구가 시골집에 내려왔는데, 얼음 위에서 멋지게 스케이트를 타던 모습을 보고 정말 놀랐던 기억이 있다. 시골뜨기였던 나에게는 정말 신기한 광경이었다.

그때 우리는 고작해야 각목 밑에다 철사를 대고 타던 썰매가 전부였던 시절이었다. 철사를 댄 각목을 나무 밑판에 나란히 붙이고, 그 나무판 위에 무릎을 꿇고 앉아서 못을 박은 막대기 두 개를 양손에 하나씩 잡고 얼음을 짚으며 앞으로 나가는 것이었다. 친구들과 누가 빨리 목표점을 돌아오느냐로 내기도 하며 나름 스피드를 즐겼다. 겨울철에 이만한 놀이도 없었다.

이에 비해서 두 다리로 똑바로 서서 양손을 앞뒤로 흔들며 스케이트를 타는 친구의 모습은 정말 멋있었다. '저것은 무엇인가?'하며 넋을 잃고 쳐다보았던 기억이 난다. 게다가 예전에는 한 번도 보지 못한 친구의 스케이트는 속도도 무척이나 빨랐다. 무릎을 꿇고 타는 썰매와 비교가 되겠는가? 달리는 모습은 또 얼마나 멋지던지! 신문물이었던 친구의 스케이트는 어린 나에게 정말 충격이었다. 지금 생각하면 웃음이 나온다. 어쩌면 나는 그 때부터 서울을 동경하게 된 것은 아닐까? 서울의 신문물을 접하고 나니 내 썰매가 얼마나 시시해보이던지… 겨울만 되면 옆구리에 끼고 다니던 소중한 썰매가 천덕꾸러기가 되는 순간이었다.

중학교에 진학을 해서, 읽을거리가 없을까 하고 이곳저곳을 기웃기웃하던 차에 친구네 집에서 보았던 월간지 〈학원〉을 정기 구독하기로 했다. 당시에 전국적인 학생월간지는 〈학원〉과 〈여학생〉이라는 잡지가 있었다. 학원지(誌)는 남녀공용이었고, 여학생지(誌)는 여학생이 주 대상이었다. 학원지를 받아 볼 때마다 우물 안에 있던 개구리가 세상 밖을 처음 내다보는 것 처럼 가슴이 설레곤 했었다.

월간 학원지의 옛 모습

전국에 있는 내 또래의 학생들이 쓴 글과 새로운 소식을 접할 수 있어 정말 좋았다. 전국의 유명 고등학교를 소개하는 내용도 있었다. 소위 명문학교라고 알려진 서울의 고등학교와 지방 대도시의 고등학교를 자세하게 알려주는 내용이었다. 전국에 유명한 고등학교가 그렇게 많은 줄 그때 처음 알게 되었다. 학생월간지를 받아보았던 것이 나에게는 비로소 커다란 꿈을 키울 수 있는 계기가 된 것이다.

그 시대에 나의 마음을 설레게 했던 학원지의 창간 스토리가 궁금해서 찾아보니 이런 귀한 자료가 있었다. 정말 감회가 새롭다.

"나라 전체가 전란에 휩싸여 있던 1952년 11월에 대구에서 창간된 『학원』은 우리 나라 잡지 문화의 처음을 여는 고리였다. 전쟁으로 국가의 운명이 어떻게 될지 몰라 대구로 피난 온 서울 출판업자들이 감히 출판 같은 것은 생각조차 못하던 시절, 출판의 선각자였던 김익달(金益達)이 나라를 살리는 길은 청소년들을 키우는 것이라는 생각으로 시작한 잡지이다.

1952년 11월호로 창간하였다. 판형은 A5판. 발행인은 대구에 임시사무소를 둔 대양출판사 사장 김익달, 편집인은 하영오(河英吾)였다.

6·25전쟁과 그 뒤의 혼란한 시기에 대중매체가 거의 없을

당시 청소년들의 정서순화와 학습활동, 여가 선용 등에 크게 이바지한 이 잡지는 장안의 종이 가격을 올릴 정도로 크게 환영을 받다 당시로서는 상상할 수도 없는 많은 부수(10만 부)로 확장되었다.

특히 『학원』에서 주관, 시상한 '학원문학상'은 20여 년에 걸쳐 매년 우수한 젊은 문학 지망생들을 발굴, 양성하여 현재 중견문인으로 활약하는 사람만도 수십 명에 이르고 있다. 그밖에 『학원』의 수익금으로 발족시킨 학원장학회는 불우한 우수학생에게 장학혜택을 주어 정치 · 법조 · 교육 · 언론 · 기타 각계에 많은 중견명사들을 배출시키고 있다.

그러나 이렇게 시대적 소명과 더불어 경영상의 성공을 함께 거두던 『학원』은 당시 불모지였던 청소년들의 꿈의 공간으로 그 역할을 다하였으나 그 뒤 텔레비전 등 대중매체의 등장으로 휴간과 복간을 거듭하게 되었다. 현재는 학원사에서 그 판권을 소유한 채 휴간되어 있다."[1]

나의 옛 추억의 한 페이지를 장식해주었던 고마운 잡지다. 그 어려운 시대에도 생각이 앞서 가셨던 분들이 계셨기에 나를 비롯한 많은 학생들이 감성을 키우며 더 큰 세상을 보게 되었고, 꿈꿀 수 있었다. 덕분에 좋은 영향을 받았고, 올바른 어른으로 자라는데 도움을 주었으니 그 공이 참 큰 것 같다. 나라를 살리는 길은 청소년을 키우는 것이라고 생각한 김익달이란 분의 생각이 적중한 것이라고 보아야겠다.

　내가 어렸을 때 이 '학원'지를 한 권이라도 보존하지 못한 것이 참 아쉽다. 지금은 포털 검색창에 검색을 하면 학원지의 표지 사진을 볼 수 있는데 그나마 다행이다. 그 시대의 시대상을 읽을 수 있는 귀한 자료라고 생각된다. 표지만 보더라도 그 시대의 분위기를 바로 읽을 수 있으니 나의 추억을 더듬어 그 푸릇푸릇했던, 까까머리 학창시절을 떠올리기에 부족함이 없다. 추억을 떠올리며 회상하는 것 또한 우리에게 귀한 행복감을 주는 일이다. 행복은 언제나 작은 것에 있는 법이니까.

　나는 집에서 학교까지 자전거로 통학을 했다. 저녁에 내가 사는 동네로 왔다가 다음날 아침에 읍내로 나가는 버스를 타기에는 여러 가지로 불편한 점이 많았기 때문이다. 오래전 대중교통이 이렇게 발달되기 전에 시골에서 다니던 버스가 어떤 모습으로 운행되었는지 아는 사람은 다 알 것이다. 배차 시간이 지금처럼 정확하지 않아서 버스가 언제 올지, 지나간 버스는 또 얼마나 기다려야 하는지 알 수가 없었다. 배차 간격도 길었다. 하루에 두세 번 오는 버스가 대부분이었다. 출퇴근, 혹은 등교를 위해 시골에서 버스를 탈 때, 공급에 비해 수요가 많다 보니 버스는 늘 만원이었다. 학교를 한 번 갔다 오면 이리저리 휩쓸리며 사람들에게 치어 피곤해서 쓰러질 지경이었다.

그래서 고민하시던 부모님은 결국 자전거를 나의 전용 교통 수단으로 마련해주셨다. 당시에 자전거는 모두가 부러워하던 훌륭한 교통수단이었다. 자전거를 하나 가지고 있으면 세상 부러울 것이 없을 정도로 어깨에 힘이 들어가던 시절이었다. 요 즘으로 말하자면 기다리고 기다리던 최신 핸드폰을 손에 쥐게 된 느낌이라고 해두면 이해가 될까? 특히 시골 중학생이었던 나에게는 그 소중함이 더욱 컸다.

새 자전거를 사서 타고 다닐 형편은 되지 못해서 중고 자전 거를 구입해서 타게 되었다. 면사무소에 다니던 동네 아저씨가 새로운 것을 구입하면서, 내가 그분의 헌 자전거를 중고로 사 서 탈 수 있게 되었던 것이다. 자전거를 갖게 된 날, 나는 너무 기뻐서 잠을 다 설쳤다. 자전거 바퀴의 링에 기름칠하고 닦는 것은 나에게 가장 행복한 일상이 되었다.

중학 데모
주동자

  중학교 3학년이 되면서는 고등학교에 진학해야 한다는 생각으로 더욱 열심히 공부해야겠다고 마음을 먹었는데 뜻하지 않은 사건이 터지게 되었다. 나는 그 사건의 주인공이 되어 나의 진로에 커다란 전환기를 맞게 되었다.

  당시 내가 다니던 학교는 남녀공학으로 운영되는 전형적인 면 소재지의 시골 학교였다. 같은 학년에 세 반이 편성이 되었는데 A반과 B반은 남학생반, C반은 여학생반이었다. 그런데 여학생의 인원은 적고 남학생은 두 반으로 편성하고도 일부 인원이 남아 키가 좀 작은 남학생들이 여학생 반인 C 반에 편성되었다. 나는 B반에서 반장을 맡았다.

  항상 교복을 착용해야 하는 시절이었는데 교복이 지금과는 완전히 달랐다. 여학생은 동복과 춘추복, 하복, 남학생은 동복과 하복으로 나뉘어져 있었다. 남학생들의 하복은 하얀 윗도리(셔츠)와 쑥색 바지였다.

그런데 문제는 교복 바지가 긴 바지가 아니고 반바지라는 것이었다. 사춘기에 접어든 남학생들은 다리에 털이 숭숭 나기 시작하는데 반바지 차림이라니! 감수성이 예민했던 시기였던지라 이것이 창피하다는 생각이 들기 시작한 일부 학생들 사이에서 긴 바지로 바꾸자는 여론이 형성되기 시작하였다. 의도는 좋았지만 합리적인 방법으로 학교에 건의하는 방식이 아닌 소위 데모 형태의 항의 방식이 문제가 되었다. 그 사건으로 인하여 나는 주동자로 지목되어 근신 처분을 받게 되었다. 3일간 수업에 참여하지 못하고 교무실 옆 복도에서 꿇어앉아 있어야 하는 벌을 받게 되었다. 3일이 30년 같이 느껴졌다.

다른 사람의 시선에 민감했던 청소년 시기였기에, 이 일은 내 마음에 큰 상처로 다가왔다. 지나가는 아이들과 선생님들이 쳐다보는 것이 자존심 상하고 창피했다. 3일을 벌 받으며 앉아 있으니 마음속에서는 커다란 반항심과 수치심이 생겼다. 조용하던 내면에 분노와 함께 무어라 설명하기 어려운 여러 가지 감정들이 소용돌이치기 시작했다.

학교가 있는 곳에서 커다란 둑을 넘어가면 바로 낙동강 변이었다. 강둑 주변을 서성이면서 처음으로 담배에 불을 붙여 보았다. 흘러가는 강물을 바라보면서 혼자 울분을 삭였다. 그렇게 10대에 찾아온 내 인생의 첫 고비를 나는 나 홀로 맞이하고 있었다. 누구한테든 마음껏 하소연이라도 하고 싶었으나 상담하고 고민을 털어놓을 만한 상대가 없었다. 세상에 혼자 던져진 것 같은 존재의 고독을 그때 처음 맛보았다.

우울하고 착잡한 심정으로 생활하던 중 여름방학을 맞이하게 되었다. 이래서는 안 되겠다 싶은 절박한 마음으로 여름방학을 절에서 보내기로 결심했다. 책과 세면도구를 챙겨서 외가댁이 있는 삼랑진 만어사로 갔다. 굳은 결심을 하고 갔으나 막상 낯설고 새로운 환경에 던져지니 적응하기가 쉽지 않았다. 가족과 떨어져서 생활하게 된 것은 처음인 데다 절의 주변 환경이 너무나 조용하고 적막하다 보니 두려움마저 느껴질 정도였다.

그러나 그곳에 있는 동안 나를 돌아보았던 경험은 마음의 상처를 극복하는 데 확실히 효과가 있었다. 어려운 시간들을 스스로 극복해보려 나름대로 방법을 모색해본 것 그 자체가 커다란 성과였다. 비록 학습 진도에 대한 성취는 크게 효과를 거두지 못했다 할지라도 충분히 나에게 의미 있는 시간이었다.

한 달 정도 되는 여름방학을 산사에서 보내고 집으로 돌아와 3학년 2학기, 즉 중학교에서의 마지막 학기를 맞이하게 되었다. 중학교 3학년, 그것도 3학년의 2학기는 아주 중요한 시기였다. 그 시기를 어떻게 보내느냐에 따라 고등학교 진학의 방향이 정해지고 이것이 고등학교, 대학교 진학까지 영향을 미치게 되는 것이었다. 새로운 결심으로 열심히 공부해야겠다고 머리로는 다짐을 했으나 마음먹은 대로 잘되지 않았다.

부모님은 내가 가까운 고등학교에 진학해서 졸업하고, 면서기라도 할 수 있었으면 좋겠다고 하셨으나 나는 가까운 곳에 있는 고등학교에는 가기 싫었다. 그렇다고 도시에 있는 좋은 학교에 갈 실력이 되는 것도 아니었기에 생각이 복잡해졌다. 게다가 경제적으로도 여유가 없었다.

이런저런 생각으로 머릿속이 복잡하니 성적이 오를 리가 없었다. 학업에 커다란 성과를 올리지 못한 채 원서를 쓰게 되었다. 나는 고등학교를 졸업하고 대학에 진학할 생각을 하고 있었기에 무모한 줄은 알지만 도전이라도 한 번 해보고 싶었다. 그래서 부산에 있는 명문(P) 고등학교에 원서를 접수하고 시험을 치렀으나 보기 좋게 낙방의 고배를 마셨다. 이것이 내 인생의 첫 번째 좌절이었다.

삼랑진 만어사

예비고사
세대

　고교입시에 실패했으면 나의 수준에 맞는 학교를 찾아서 도
전을 해야 하는 것이 맞는데도, 조금만 더 하면 될 수 있을 것
같다는 아쉬움 때문에 일 년을 재수한 후 다시 도전했으나 또
실패했다. 재수 후 지원한 고교에도 실패했기에 동년배 친구
들 보다 1년이 뒤처진 상황이었다. 더 시간을 미룰 수 없었기
에 결국 내가 원치 않았던 학교로 진학해야 했다. 예상대로 나
는 학교생활에 만족하지 못하였다. 의미 없는 학교생활이 계속
되자 더 이상 이렇게 살 수는 없다는 생각에 나는 결단을 내려
야 했다. 부모님과 상의 끝에 결국 자퇴를 하는 쪽으로 선택하
게 되었다.

　자퇴 후, 검정고시 시험을 준비하였다. 고등학교 3년 과정을
짧은 시간 안에 끝내는 것이라 그리 만만치 않았다. 정말 절박

한 심정으로 공부할 수밖에 없었다. 낮에는 학원에서 필요한 과목을 수강하였고, 밤에는 늦게까지 독서실에서 공부를 하고 잠도 독서실에서 잤다. 그 당시에는 그런 생활이 가능했다. 식사는 독서실 주변에 있는 식당에서 삼시 세끼를 모두 해결했다.

마침내 그해 10월에 시행된 고졸 학력 검정고시 시험에 응시하여 전 과목 합격을 하였다. 당시의 합격기준은 40점 이하의 과목이 없이, 전체 평균이 60점 이상이면 합격이었다.

이제 겨우 대학 시험을 볼 수 있는 자격이 주어졌다. 그 당시 대학에 응시하기 위해서는 대학 입학 예비고사를 치르고 합격을 해야만 원하는 대학에 지원할 수가 있었다. 그래서 우리 세대는 예비고사 세대라고 불린다.

그 시절을 뒤돌아보니, 많은 생각들이 스쳐 지나간다. 폭풍우가 한바탕 할퀴고 지나간 것처럼 나의 마음은 많은 상처로 얼룩져 있었다. 하지만 그런 와중에서도 나는 무너지기 싫었다. 끝까지 포기하지 않고 졸리는 눈을 비비고 일어나 잠을 쫓으며 노력했더니 좋은 결과들이 있었다. 위기도 있었고, 외로움도 있었지만 나의 학창 시절이 해피엔딩으로 마무리되어 정말 다행이다. 본의 아니게 부모님과 가족들에 염려를 끼쳐 죄송한 마음이 든다.

채근담에는 이런 말이 있다.

"사람이 역경에 처했을 때는 그를 둘러싼 환경 하나하나가
모두 불리한 것처럼 생각된다. 그러나 사실은 그것들이 몸
과 마음의 병을 고칠 수 있는 힘이요, 약이 된다. 사람들은
건강을 지키기 위해 깊은 산중으로 약초를 구하러 가기도
한다. 이러할진대 역경은 얼마나 좋은 약초인가. 다만 역경
이 약초인줄 자신이 모를 따름이다. 약이 몸에 쓰듯이 역경
은 잠시 몸에 괴롭고 마음에 쓰지만 그것을 참고 잘 다스린
다면 몸을 위하여 많은 소득을 기약할 수 있다."

그때는 그랬다. 나를 둘러싼 환경들이 하나같이 나에게 도움
이 되는 것이 아니라 불리하다 생각했다. 내가 시골에 태어난
것, 가난한 농부의 아들로 태어난 것, 학교에서 벌을 받은 것,
입시에 떨어진 것 등등... 그러나 그런 시간들이 나에게 꼭 필
요했으니 허락되었지 않았나 싶다. 성경에 '감당할 시험밖에는
주신 일이 없다.'는 구절도 있듯이, 그때 당시는 힘들었어도 내
가 감당할 만 했으니 주어졌던 어려움이 아닐까? 오랜 세월이
지난 지금은 그렇게 생각이 정리된다.

너무 어린 나이에 마주한 시련이었지만 나는 이 시간을 통해
다른 또래들보다 일찍 철이 들게 되었고 인생에 대해 더 많이

배우게 되었다. 그렇게 보니 내 인생의 고통과 시련이 모두 불리하지만은 않았다. 오히려 그런 시련이 나의 내면을 단단하게 해주었고, 고통 속에서 인생을 배우는 시간이 되었다. 이후에 나의 삶에 어려움이 닥쳤을 때, 나는 훨씬 잘 이겨낼 수 있었으니까.

제 2 장

교육학과
73학번

대학생이
되다

당시 시골에서는 땅이 많은 집이 부잣집이었다. 그런 집은 일하는 사람(머슴)을 몇 명씩 고용하면서 많은 농사를 지었고, 가난한 사람은 남의 집에서 일을 도와주고 생계를 유지하였다. 우리 집은 논과 밭이 조금씩 있어서 농사지은 것으로 자족하는 정도였다.

도시에 있는 대학을 다니는 것은 땅을 많이 가지고 있는 부잣집에서나 가능한 시절이었다. 나의 형편으로 진학할 수 있는 대학은 사관학교나 국립대학이었다. 대학시험에 합격한다고 해서 무조건 핑크빛 미래가 펼쳐지는 것이 아니었다. 합격 후에 대학에 다니게 되면 발생하는 생활비와 등록금 등의 현실적인 문제도 해결이 되어야 했다. 현실적인 여건으로는 대학을 정상적으로 다닐 수 있는 형편이 전혀 아니었다. 낭만과 배움의 즐거움으로 채워져야 할 대학생활이 벅차고 힘든 고난이 될 것이 불 보듯 뻔했다.

대학 진학을 한다는 것 자체가 무모한 도전이었을 수도 있었다. 주위에는 염려스러운 눈빛과 질시에 가까운 비웃음을 보내는 이도 많았다. 그럼에도 불구하고 나는 어디서 나온 지 모를 뚝심과 고집으로 대학 시험에 응시하여 당당히 합격 통지서를 받았다!

예상했던 대로 합격 통지서를 받고서 기쁨을 나누기도 전에 등록금을 어떻게 마련해야 하는가 하는 문제에 봉착하게 되었다. 상아탑이라 불리던 대학은 종종 우골탑이라는 별명으로 불리기도 했다. 시골에서는 땅 팔고 소 팔아서 등록금을 마련해야 했기에 생긴 말이었다. 시골에서 송아지 한 마리를 팔면 대학 한 학기 등록금 정도를 충당 할 수 있었다.

나의 시골집에서는 당장 팔 수 있는 송아지도 없었고, 처분할 만한 땅뙈기도 없었기에, 부모님께서 저축으로 모아두었던 얼마의 돈과 당시 서울에서 군인으로 근무하고 있던 형님의 도움으로 입학 등록 절차를 마무리할 수 있었다. 지금 와서 생각해 보니 군대에서 위관급 장교였던 형님으로서는 부담이 되는 일이었을 텐데도 커다란 도움을 주었다. 내 입장에서는 정말 고마운 일이었다.

나는 법과대학으로 진학을 하여 사법시험에 도전하고 싶었다. 사실 그 당시만 해도 시골에서 서울로 진학을 할라치면 법과대학 아니면 공과대학으로 진학하는 것이 일반적이었다. 그러나 원했던 법과대학에 원서를 내지 못했다. 한 가지 이유는 실력이 미치지 못해서였고, 다른 한 가지 이유는 재수를 하고 싶지 않아서였다.

그나마 내 실력에 맞는 안정권을 찾아서 응시하려다 보니 교육학과를 선택하게 되었다. 면접시험을 치를 때 나는 면접관인 대학교수들 앞에서 교육의 중요성과 미래, 그리고 사명감 등을 운운하며 합격하기 위해서 안간힘을 썼다. 지금 돌아보면 솔직하게 말하지 못한 것이 나 자신을 속인 것 같아서 두고두고 생각할수록 자신이 부끄럽게 느껴진다.

우여곡절 끝에 나의 서울 유학생활이 시작되었다. 시골집에서는 나의 서울 입성을 축하해주기보다는 걱정을 많이 하셨다. 아무래도 경제적인 문제들이 걸려 있었기 때문에 그랬다. 나도 부모님이 팍팍 밀어주어 맘 편히 학교를 다닐 수 있었으면 얼마나 좋았을까 하는 생각을 잠시 했다. 그러나 최선을 다해 지금 이 상황 속에서 해결방법을 모색해가기로 했다.

일단 학교 정문에서 멀지 않은 곳으로 하숙을 정했다. 요즈음 학생들은 원룸에서 여러 가지 디지털 기기를 갖추어 놓고 독립된 생활을 즐기기도 하지만, 당시만 해도 지방 학생들은 한 방에 두세 명이 함께 생활하는 하숙 생활이 대부분이었다.

넉살이 좋은 하숙집 아주머니가 챙겨주는 음식으로 삼시 세 끼의 식사는 해결할 수 있었다. 그러나 형제들이 많지 않아 혼자 자라다시피 했던 나는, 처음에는 낯을 많이 가리는 편이었기에 여럿이 어울려서 생활하는 하숙 생활에 쉽게 적응하지 못했다. 얼마 동안의 시간이 지나고 지방 출신인 신입생 친구들과 공감대가 형성되면서부터는 점차 적응하기 시작했다. 대도시 서울에서의 대학생활은 수업을 듣고 하숙집에서 식사를 하고, 하숙집 친구들과 친교를 맺는 게 거의 전부였다. 가끔 시내에 나갔다가 길을 잃고 한참을 헤매기도 했었다.

같은 하숙집에서 생활하던 예술대학 다니는 친구가 종종 미팅을 주선했다. 미팅 장소는 주로 시내에 있는 다방이었다. 당시 미팅의 형태는 같은 인원수의 남학생과 여학생이 한 곳에서 만나 서로의 짝을 정한 후 따로 시간을 보내는 방식이었다. 남학생 대표와 여학생 대표가 미팅을 주선하고 나머지 참석한 학생들은 남녀 대표에 의해서 모집된 사람들이었다. 참가한 인원수대로 번호표를 정한 후 같은 번호표끼리 짝이 되기도 하고,

어울리는 단어로 연결하여 짝을 정하기도 했다. 예를 들면, '견우와 직녀, 이도령과 성춘향' 같은 식이었다. 미팅의 상대는 대부분 시내에 있는 여자대학의 학생들이었다.

내가 생활했던 하숙집에는 본채와 분리된 별채에 방이 5개가 있어서 평소 10명 정도의 학생이 있었기 때문에 미팅을 주선하는 남학생의 인원이 부족하면 하숙집에서 대타를 찾는 경우가 종종 있었다. 하숙 생활의 장점 중 하나는 체격이 비슷한 친구의 양복을 빌려 입을 수 있다는 것이었다. 지방에서 온 하숙생의 대부분은 양복이 한 벌뿐이었기 때문에 다른 양복을 입고 싶으면 친구들과 바꿔 입을 수 있다는 것이 좋았다.

지금 생각하면 웃음이 나오지만 미팅은 당시의 대학생들만이 가진 독특한 문화였고 새롭고 소중한 경험이었다. 공식적으로 여러 명의 이성과 대화하고 사귈 수 있는 통로였다. 내 경우에 미팅은 거의 일회성으로 끝났고 추가적인 만남이 이루어지지는 않았다.

이렇게 대학 생활에 적응해가던 중 나는 군 입대 영장을 받게 되었다. 당시 재학생일 경우, 입영 연기 신청서를 제출하면 졸업 때까지 입영을 연기할 수도 있었지만, 어차피 갔다 와야 하는 곳이라면 하루라도 빨리 병역의무를 마쳐야겠다는 생각에 나는 군 입대를 결심하였다. 서울 생활과 미래에 대한 막연

한 불안에 대해서 다시 한번 생각해 볼 기회를 갖고 싶기도 했
다. 최소한 군대라는 곳은 일단 생활비 걱정은 하지 않아도 되
는 곳이었으니까.

가정교사

    사관학교나 국립대학이 아닌 사립대학으로 진학한 내가 맞닥뜨린 현실은 그저 쉽지만은 않았다. 서울에서의 대학생활이라는 것이 나에겐 어울리지 않는 무모한 도전은 아닐까 하는 생각을 여러 번 했다. 나는 내가 할 수 있는 일들을 찾아야 했다. 아르바이트를 해서 학비와 생활비에 보태기로 했다. 그때는 부모님들이 주시는 돈으로 학비를 내고 공부만 하는 친구들이 부러웠다.

    요즈음 대학생들은 여러 가지 아르바이트로 용돈을 벌 수 있지만, 내가 대학 생활을 할 시절에는 일거리가 다양하지 않아서 중, 고등학생을 가르치는 일이 대부분이었다. 학생의 집을 방문하여 지도하거나 아니면 학생의 집에 입주하여 숙식을 해결하면서 학습지도를 하는 식이었다.

    나는 학교에서 멀리 떨어져 있는 곳에 가정교사 제안을 받고 학습지도를 하게 되었다. 일주일에 3일, 학교에서 강의가 끝난 오후에 버스를 타고 학생의 집으로 갔다. 처음에는 학생 한 명으로 시작하였으나 나중에는 그 학생의 어머니가 주위 친구들을 소개해서 너 댓 명이 함께하는 형태로 발전되었다. 여러 명이 함께 수업을 하니 서로 경쟁의식도 갖게 되고, 일대일로 진행되는 수업보다는 분위기도 훨씬 좋아지는 효과가 있었다.

내가 맡아서 지도한 학생들은 중학교에 다니는 남학생들이었다. 한참 까불고 혈기왕성한 사춘기 소년들이었다. 지도한 과목은 주로 영어와 수학이었다. 그중에서도 영어가 좀 더 자신 있었다. 나의 군대 생활 중 미 8군에서 카투사로 근무한 경험을 이야기해 주기도 했는데, 영어 과목에 더욱 열심을 내야 하는 이유를 알려주고 동기부여를 하기 위한 것이 목적이었다.

과외 수업료는 학생이 시작한 날로부터 한 달이 되는 날, 학생의 어머니가 챙겨준 봉투를 학생으로부터 건네받았다. 과외를 시작한 날짜가 일정하지 않다 보니 수업료가 나의 손에 쥐어지는 날짜도 들쑥날쑥했다. 정확하게 날짜를 지키는 어머니가 있는가 하면, 어떤 어머니는 한참을 지나서 전해줘서 돈이 잘 모이지 않고, 푼돈처럼 써버리기 일쑤였다. 그러나 왜 수업료를 주지 않느냐고 학생에게 닦달할 수는 없었다. 잘못하다간 돈만 밝히는 과외교사로 비쳐 질 수도 있었으니까. 지금 같아서는 정확하게 이야기하고 따져볼 수도 있는 문제지만 그때는 학부모의 처분만 기다릴 수밖에 없는 것이 가정교사가 처한 상황이었다.

요즈음은 여러 가지 형태의 학원들이 생겨나서 과외가 아니어도 학부모들의 수요를 충족시켜줄 수 있지만, 당시에는 재수를 위한 과정을 진행하는 곳이 대부분이었다. 중학생을 위한 과목별 단과반 과정은 시행 초기여서 일반적이지 않았다. 그러다 보니 중학생들 사이에서는 과외가 성행하지 않았나 싶다. 대학입시에서 필수과목인 영어와 수학 과목은 필연적으로 과외를 해야만 하는 과목이었다. 또한 실력이 부족한 학생들의 학습량을 보충하고 성적을 올리기 위한 사교육의 대표적인 방식이었다.

아르바이트를 한 돈으로 등록금에 보태고, 남은 것을 쪼개어 생활비로 충당하였다. 넉넉하지 않았지만 내가 스스로 살아갈 생각으로 이렇게 아르바이트라도 하며 대학을 다닌다는 것이 조금은 뿌듯했던 시절이었다. 사회 경험을 조금 미리 해보는 것 같은 느낌도 들었다. 젊어서 고생은 사서도 한다고 했는데, 학교 수업을 하고, 과제를 제출하고, 시험공부도 해가며, 아르바이트까지 해야 하는 현실이 때로는 고단하게 느껴질 때도 있었지만 바쁘게 살았던 날들이 오히려 시간을 허투루 쓰지 않고 목표 지향적으로 살아갈 힘을 주었던 것 같다.

한국 대학생들은 많이 논다고 생각하는 이들도 있는데 그것은 사실이 아니다. 물론 형편이 좋아 그렇게 사는 학생들도 일부 있겠지만 대부분의 학생은 정말 열심히 산다. 내가 대학 생활을 할 때도 그랬지만, 특히 요즘같이 살기가 힘든 시대는 더더욱 그렇다. 대학을 졸업해도 취업하기가 어려운 시대가 되다 보니 취업을 목표로 더 많이 조사하고, 자료를 찾고, 취업에 필수인 영어 실력을 향상시키기 위해 새벽부터 학원에 가서 공부를 하며 자신에게 투자하는 모습을 본다. 그렇게 하지 않으면 좋은 직장은 그림의 떡이다. 이 시대의 대학생들이 일찍부터 자신의 진로를 정하고 자신의 학문을 열심히 공부하는 것은 개인을 살리는 길이기도 하지만 더 나아가서는 그것이 나라를 살리는 길이고, 나라의 발전에 이바지하는 일이다. 비판과 의심의 눈초리로 바라보기보다 열심히 살아가는 그들을 응원해 주는 사회적 분위기가 되어야 한다고 생각한다.

요즘은 대부분 대학을 학자금 대출을 받아 간다. 대학을 졸업하고 취업을 하면 갚는 방식으로 나라에서 저렴한 이자로 대출을 해주는 것이다. 대출을 받을 때는 좋지만, 졸업과 동시에

채무자가 되어 사회에 나온다. 조금 극단적인 말처럼 들릴 수 있지만, 한편으로는 대학이 채무자를 배출하는 곳이 되어버렸다. 졸업 후 취업을 하고 몇 년이 지나야 겨우 학자금 대출에서 해방이 된다고 한다. 그전까지는 취업이 되었어도 허리띠를 졸라매야만 그것을 갚을 수 있다. 그 뒤에는 결혼 준비를 해야 하니 참, 쉬운 인생이 없다. 인생 자체가 산 넘어 산이라는 생각이 든다. 취업이 안 되면 어떻게 되는 걸까? 나는 생각만 해도 마음이 힘든데 당사자들은 오죽 힘들까?

외국, 특히 덴마크나 핀란드 같은 북유럽의 나라들은 복지혜택이 많기로 유명한데, 의료비를 비롯해 대학 학비까지 무료라고 하는 말을 들었다. 고등학교를 졸업한 학생들은 대학 공부가 아주 힘든 과정이라는 것을 알기 때문에 정말 공부가 적성에 맞는 아이들이 아니면 대부분 많은 학생들이 대학에 지원하지 않는다고 한다. 고등학교를 졸업하고 그 힘든 과정을 굳이 거치지 않아도 결혼하고 직장 다니며 내 가족과 편안히 사는데는 불편함이 없다는 생각이 지배적이기 때문이다. 실제로 그런 나라들은 대학 생활 내내 3~4시간 정도만 자고 공부를 해야만 대학과정을 졸업할 수 있다고 한다.

그에 비하면 우리나라는 대학 입학을 위한 경쟁이 너무나 치열하다. 고등학교 때부터 대학을 가야만 한다는 목표에 맞추어 공부하는데다 대학졸업을 필수라고 생각하는 사회적인 분위기도 한몫하고 있다. 그런데다가 대학 등록금은 가히 살인적이다. 일반 서민 가정에서 아이를 대학공부까지 시키기 위해서 1억의 돈이 든다는 소리를 들은 적이 엊그제 같은데, 요즘엔 거의 3억이 있어야 가능하다고 한다. 이런 상황을 보면 출산율이 떨어지는 것도 무리가 아니다.

이런 나라에 살면서 대학의 학비가 무료인 나라의 이야기를 들으며 마음이 참 씁쓸했던 기억이 난다. 배움에 재능이 있는 사람이라면 누구나 즐겁게 학문을 할 수 있는 나라가 될 수는 없을까? 그마저도 기회가 균등하지 않아 여기저기에서 부정입학과 같은 불협화음이 들려온다. 이를 시정하기 위해 많은 시도들이 있지만 관행들이 쉽게 바뀔지 의문스럽다.

평범한 가정에서 부모님들의 짐을 조금이라도 덜어드리고 싶은 것이 자녀들의 마음일진대 이런 학생들에게 상대적인 박탈감과 자괴감을 갖게 해서는 안 된다. 마음 편히 공부하며 깊이 학문을 탐구하는 사회적인 분위기가 살아났으면 좋겠다. 그러기 위해 입시제도 등 사회 시스템이 먼저 올바르게 세워지고 정착되는 날이 오길 바란다.

오래전 나의 대학 시절을 떠올리다 보니 학업에, 아르바이트에 힘겨운 나날들이 많았지만 젊은 시절이라 열정을 가지고 살았고, 물질적으로, 시간적으로 빠듯하게 살았던 시간들이 이제는 오히려 그리워진다. 젊음이 있었기에 용기를 잃지 않고 살 수 있었고, 푸른 청춘이었기에 아픔도 참을 수 있었다. 돈으로도 살 수 없는 것이 시간인데도 젊은 날에는 그것을 알지 못하니 안타까운 일이다. 세월이 멈춘 듯 사는 젊은이들이 있다면, 젊을 때 더 공부하고, 젊을 때 더 많이 경험하고, 건강할 때 많이 보고 느끼라고 말해주고 싶다.

설립자 임영신 동상

교생 실습

중등학교에서 교사로 근무하기 위해서는 반드시 거쳐야 하는 과정이 교생실습이다. 사범대학 재학생은 물론, 교직과목을 이수하고서 교사 자격증을 취득하려고 하면 반드시 이수해야만 하는 과목이었다. 지정된 중·고등학교에 파견되어 1개월 동안 현직 교사의 지도를 받으면서 학습지도안 작성, 수업 참관, 실제 교과목 지도, 수업 진행 등 교사의 직업을 실제적으로 체험해볼 수 있는 기회였다. 물론 본인에게 이 직업이 적성에 맞는지에 대해서도 진지한 고민을 해보아야 했다.

나는 부속여자고등학교에 배치가 되어 부전공 과목인 영어 수업을 진행하게 되었다. 영어 과목은 나름 자신이 있었는데 실습 첫날, 1학년 수업에서 큰 실수를 하고 말았다. 긴장하며 첫 수업을 열심히 준비를 해갔는데, 진도를 잘못 알고 다른 부분을 준비해 간 것이다. 각 반마다 수업 진도에 차이가 있는데 이것을 미처 확인하지 못해 일어난 일이었다.

만족스러운 학습지도를 하지 못한 것으로 인해 수업 내내 무척 당황스러웠다. 학생들에게 충분한 믿음을 주지 못한 채 실력이 모자라는 교생으로 비칠까봐 두려웠다. 학생들의 신뢰를 쉽게 회복하지 못할 것이라고 판단한 나는 담당 주임교사와 의논하여 1학년 수업에는 참여하지 않고, 2학년 수업에 참여하기로 했다. 2학년 수업에서는 같은 실수를 반복하지 않고, 사전에 철저히 준비하여 실력이 괜찮은 교생으로 대우받을 수 있었다.

수업 시간에 짬짬이 미 8군에서의 군 생활 경험과 영어로 귀를 틔우게 된 과정 등을 이야기해 주었다. 학생들은 이런 부분에 흥미를 보였고 이후로는 비교적 재미있고 즐거운 수업을 할 수 있었다. 학생들과의 수업은 즐겁고 기다려지는 시간이었다.

스승의 날이 되었다. 하필 교생 실습 기간에 스승의 날이 포함되어 있었던 것이다. 내가 담임을 맡았던 2학년 6반 학생들이 수업 시작 전에 '스승의 은혜'를 불러주었는데 나는 갑자기 울컥하고 말았다. 반장인 학생은 선물 꾸러미 하나를 나에게 전달해 주었다. 정성스러운 편지와 함께 멋진 지갑과 벨트가 들어 있었다. 학생들이 선물하기에는 금전적으로 부담스러운 것 같아서 미안했지만, 한편으로 아이들의 마음을 생각하니 너무나 고마웠다. 교사로서 보람을 느끼는 순간이었다. 내가 한

일에 비하여 많은 사랑과 존경을 받으며 교생 실습을 무사히 마쳤다.

교생 실습 기간을 지나며 여러 가지 생각들이 들었다. 실습 기간 중반 즈음 지날 때 나는 교사 생활이 약간 지루하다는 생각을 하게 되었다. 새로운 것에 대한 도전이 없는 것으로 인해 흥미가 떨어지게 된 것이다. 1반에서 6반까지 같은 내용으로 수업을 하다 보니 같은 수업내용이 반복되었다. 같은 내용을 반복하는 것이 왠지 나에게는 쉬운 일이 아니었다. 새로운 것에 도전하고 끊임없이 자신을 채찍질하며 살아온 나의 모습들을 돌이켜 보게 되었다. 남들보다 앞서 달리지는 못했을지라도 도전하고 또 도전하는 가운데 더욱 의지가 불타오르던 성향이 아니었던가? 게다가 나 자신이 교사로서의 사명감을 가지고 학생들을 사랑하며 헌신적으로 이 일을 감당할 수 있을까, 일생 동안 이 직업으로 만족할 수 있을까 하는 회의적인 생각도 들었다.

교생 실습이라는 것이 교사라는 직업을 직접 체험하면서 나의 기질이나 성향과 잘 맞는지를 알아보는 목적도 있었기 때문에 곰곰이 생각해 보게 되었다. 그 결과 교사의 직업이 안정적일 수는 있으나 도전적인 것을 좋아하는 나의 성향과는 맞지 않다는 결론을 내리게 되었다. 아마 교생실습 시간이 없었더라면 사범대학생의 일반적인 진로를 따라 교사가 되었을 텐데, 교생 실습이 있었기에 내가 좀 더 원하는 삶을 생각해 보고 다른 길을 택할 수 있었다. 그러나 평생 경험해보지 못했을 수도 있는 교사라는 직업을 체험해보았다는 점에서 교생실습은 내 인생, 단 한 번의 소중한 추억이 되었다.

대학 졸업과 취업을 앞두고, 나는 교사로 지원하지 않고 기업체의 관련 분야에 도전하였다. 대학에서 배우고 익힌 지식을 바탕으로 교사로서 후진양성에 힘썼으면 좋았으련만 포기할 수밖에 없었던 결정적인 이유는 사명감이 없어서였다. 철저한 사명감이 없이 교직에 발을 들인다는 것이 두렵기도 하고, 나 자신을 속이는 것 같았기 때문이다.

관련 회사 정보를 수집하다 보니 특정한 부서를 제외하고 사범대학 졸업자가 응시할 수 있는 분야가 꽤 많았다. 일반 관리 부서나 영업 관리 관련 부서에서 채용광고가 많은 편이었다. P 금속회사 영업부, S식품회사 영업부, J건설회사 해외 사업부 등에 응시원서를 접수하고 면접을 기다리던 중 P금속회사에서 서류전형 합격 통보를 받고 면접시험을 치른 후 드디어 입사가 결정되었다!

　12월 중에 입사를 해서 오리엔테이션 및 수습 과정 3개월을 수료하고 대학을 졸업할 시기에는 정식사원으로 발령을 받게 되었다. 나에게 주어진 업무는 원자재 국내 판매의 영업 및 영업 관리였다. 기존 거래처 관리도 있었으나 신규 거래처 개척 업무도 함께 주어졌다. 원자재 제조과정을 습득하기 위해서 제조공장 현장에 파견되어 3개월 동안 O. J. T 교육을 수료하고 나서 제대로 된 영업사원으로 활동하게 되었다. 내가 취급하고 있는 원자재를 정확히 알아야만 영업을 할 수 있는 것이라 생각되어, 뜨거운 용광로에서 각종 공정을 거쳐 제품으로 생산되고 포장되어, 거래처로 발송되는 전 과정을 정말 열심히 공부하고 노력하였다.

대학교 상징인 청룡상

군대를
두 번이나

　북한 무장공비들의 청와대 습격사건 이후 대학에서는 학도호
국단 제도가 생겼다. 이로 인해 대학생들도 재학 중 일정 기간
의 군사교육을 받게 되었다. 그 이전에는 대학에서의 군사교육
이라고 하면 졸업 후 장교로 복무하고자 하는 학생을 대상으로
하는 ROTC 과정이 거의 전부였는데, 학도호국단이 창설되고
부터는 전체 학생에게 강제적으로 군사교육이 이루어지게 되
었다.

　1972년 10월 계엄령선포로 대학교들은 휴교를 결정하게 되
고, 1975년 6월에는 대통령 긴급조치로 인해 각 대학의 학생회
가 해체되었다. 학도호국단 제도도 이즘에 창설되어 모든 조직
이 군대식으로 불리고 운영되는 시대를 맞이하게 되었다.

　일반학생은 교련 복장으로, 병역을 필한 예비역은 예비군 복

장으로 군사교육에 참여하는 모습은 그 당시의 시대적 상황을 그대로 보여주는 모습이라 할 수 있을 것이다. 통상 대학 3학년 정도를 수료하고 군에 입대하는 기준으로 설정된 법을 일괄적으로 모든 학생들에게 적용했다. 그 시기에는 개인적인 사정이나 형편보다도 조직, 혹은 국가의 이익이 우선이었던 때였다.

일찍 군대를 다녀온 나 같은 경우에는, 군사교육을 처음부터 다시 받아야 하는 황당한 상황에 직면하게 되었다. 억울했지만 나에게는 선택의 여지가 없었다. 또 하나의 건너야 할 강이 생긴 셈이 되었다. 전역 후 대학에 복학하고서도 학도 군사 훈련이라는 명목으로 군사교육 학점을 이수해야만 졸업을 할 수 있는 시스템이 되어버렸기 때문에 다른 사람들보다는 군 생활을 배나 더 길게 할 수밖에 없었다.

나 말고도 이런 상황에 있었던 사람들이 왜 없었겠는가? 한 가지 원칙을 모든 사람에게 일률적으로 적용시킨 데서 비롯된 행정적인 오류, 그리고 과도기적인 시대 상황의 결과였기에 지금 생각해도 참 안타깝다. 그 조직 안에서 나 개인이 존중받지 못하였다는 점에서 그렇고, 외적인 요인에 의해 나의 소중한 시간들을 소모하게 된 것에 대해 그런 아쉬움이 남는다.

지금은 참 많은 부분에서 개인의 취향이 존중받고, 개개인의 상황을 이해해 주는 사회적인 분위기들이 생기고, 그런 관점에서 시스템들이 변화되고 있어 참 다행스럽게 생각하고 있다. 우리 후대의 사람들은 국가에 기여할 것은 하되 한 인격체로서도 존중받는 사회에서 살게 되길 바란다.

70년대 대학 교육과정의 특징은 1973년부터 시행된 실험 대학 제도에 따라 졸업 이수 학점이 160학점에서 140학점으로 이수 단위가 변화되었고, 1975년부터 전공필수 과목과 전공선택 과목이 구분되어 시행되었다.

교육학과
73동기회

    같은 학번으로 입학한 교육학과 73학번들은 각자 개인이 처한 상황에 따라 군 입대와 복학, 그리고 졸업을 하고 자신의 진로를 찾아 뿔뿔이 헤어지게 된다. 정상적으로 4년을 수료한 사람은 77년 2월에 졸업을 하고 군대를 가거나 취업전선에 뛰어들었고, 재학 중에 군대를 다녀온 사람은 80년 2월에 졸업을 하고 취업을 하게 되었다.

    교육학과 졸업생답게 교직을 선택하여 학교 교사로 취업을 한 사람이 대부분이었고 몇몇 사람은 기업체에 들어갔다. 또한 대학교에 교직원으로 취업을 한 사람도 있었다. 그 당시에는 취업하기가 요즘처럼 이렇게 어렵지는 않았다. 대학 졸업자가 그리 흔하지는 않았던 시절이었기에 자신의 능력대로 갈 수 있는 자리는 얼마든지 있었다.

뿔뿔이 흩어져 각자의 생업에 열중하고 있을 때, 동기 모임의 필요성을 절감하고 모임을 주선한 친구가 있었다. 모교(대학교)에서 교직원으로 근무하던 한 친구가 교육학과 73학번 동기들의 연락처를 모아 동기회를 구성하고 모임을 주선하는 역할을 담당했다. 그 덕분에 지금까지 73학번 동기회의 모임이 지속되고 있으니 그에게 새삼 고마운 마음이 든다.

동기들이 처음 만난 것은 졸업 이후 10년쯤 되었을 때였다. 30대 중반의 우리들은 각자의 자신의 자리에서 열심히 살아가고 있었다. 교사로, 회사원으로 사회의 한 귀퉁이에서 자신의 몫을 다하며 성실하게 살고 있는 친구들을 보니 왠지 모르게 나의 마음이 뿌듯하였다. 나 자신도 산전수전 겪어가며 험난한 세상에서 살아남기 위해 외로운 사투를 벌이며 살던 시기였으니 잠깐 동안의 옛 친구들과의 만남이 그렇게 반가울 수가 없었다. 10년이 지난 시간이었지만 우리는 어제까지 보아왔던 친구처럼 허물이 없었고 편안했다. 살아가는 이야기에 시간 가는 줄 몰랐다.

그렇게 모임이 시작된 지 40여 년이 흘렀다. 초기에는 주로 대학교 앞 중국 음식점에서 만나 서로의 소식을 주고받고 술 한잔하는 작은 모임이었지만, 나이가 들어가면서 점점 회원들의 각종 경조사를 챙겨주어야 할 일들이 늘어났다. 지금은 각자의 자녀들이 장성하였고 부모들이 별세하는 일들이 많을 나이라 경조사를 챙기는 모임으로 자리 잡게 되었다. 이제 몇 년 후면 우리가 대학에 입학한 지 50년이 된다. 공식적인 모임도 마감을 해야 할 때가 다가오고 있는 것 같다.

동기들 중에는 중학교 교장으로 근무하다 퇴직한 친구도 있고, 평교사로서 성실하게 멋진 삶을 살고 퇴직한 친구도 있다. 또한 외국계 기업체 대표를 역임한 친구도 있고, 대학에서 중요한 직책을 맡아 일하다가 퇴직한 친구도 있다. 각자의 자리에서 나름대로 열심히 살아왔다.

동기들은 아직까지도 버킷리스트를 작성하고 실행하기 위해서 동분서주하는 모습이다. 자신의 나이를 걸림돌이라고 생각하지 않고 끊임없이 도전하는 모습이 본받을 만하다. 시간이 허락되는 한 이 모임이 계속되어 더 많은 추억을 쌓고 싶다. 이러한 활동을 위해서는 건강해야만 한다. 건강할 때 이 모든 것이 가능할 것이기 때문이다.

이 친구들을 다시 만나지 못했다면 어떻게 되었을까? 인생에 있어 마음이 맞는 친구 셋만 있어도 성공한 인생이라고 하는데 나는 이렇게 마음을 나눌 동기들이 있으니 얼마나 행복한

가? 살다 보면 가족에게조차 할 수 없는 이야기들이 있다. 아내나 자식에게도 차마 할 수 없는 말들이 있다. 나는 친구들을 만날 때 이런저런 인생 사는 이야기를 하며 내 안에 묵혀 두었던 감정들과 생각들을 끄집어내게 된다. 그것이 정서적으로 나에게 참 좋은 영향을 미친다는 것을 경험을 통해 알게 되었다. 특히 이렇게 나이가 들고 보니, 내 생각을 이야기할 수 있고, 나의 이야기를 들어주는 누군가가 있다는 것은 정말 큰 행운이다. 혼자서는 살아갈 수 없는 인생의 길을 함께 갈 수 있는 벗들이 있어 고맙고 행복하다.

나이가 들어갈수록 외부 활동을 하거나 정기적으로 친구들을 만나는 것이 중요한 이유가 여기에 있다. 좋은 사람들과의 대화를 통해 나의 생각이 정리될 수 있고 이로 인해 정서적인 불안감이 다소 해소되는 것은 만남의 큰 유익이다. 일종의 스트레스 해소법이 될 수 있을 것이다.

《나는 이제 마음 편히 살기로 했다》라는 책을 쓴 가바사와 시온이라는 작가는 자신의 책에서 외로움에 대해 이렇게 이야기하고 있다.

"외로움이 건강에 미치는 위험은 하루에 담배를 15개비씩 피우는 것과 비슷하다. 고독한 사람의 사망률은 비만한 사람의 사망률 보다 두 배 높다. 이처럼 고독은 우리의 몸과 마음을 좀먹는다. 정기적으로 만나서 수다 떨 사람만 있어도 건강하게 오래 살 수 있다. 친구는 한 명이어도 충분하다."

단 한 명의 친구여도 나의 마음을 나눌 사람이 있다면 나의 수명까지 연장될 수 있다니 놀라운 일이다. 그만큼 좋은 인간관계가 육체적 건강에도 중요하다는 의미일 것이다. 오랜 세월 살다보니 새로운 관계를 만들어나가는 것이 쉬운 일은 아니다. 그러나 새로운 것에 도전한다는 것은 새로운 사람을 만나게 된다는 의미도 포함하기에 주저하기만 할 수는 없는 일이다. 나부터 마음을 열고 다가가면 좋은 관계가 되어 그 유익이 나에게 돌아오는 경험을 자주 하게 된다. 새롭게 맺은 좋은 관계는 나에게 또 다른 삶의 지평을 넓혀주는 역할을 하는 것을 본다. 새로운 것에 마음을 열고 유연성 있게 대하는 것, 이것이 젊게 사는 비결이 아닐까?

동기모임을 끝내고

병은 알려야
낫는다

　아침에 잠에서 깨어나서 화장실을 가려는데 약간의 어지러움 증상이 느껴졌다. 평소에 가끔씩은 있는 일이라 심호흡을 한 번 하고 마음을 안정시킨 다음 화장실에 다녀왔으나 어지러운 증세는 가라앉지 않았다.

　아침식사는 별로 내키지 않았지만 억지로 식사를 마쳤다. 속이 거북해지기 시작해서 혹시 체했나 싶어서 바늘로 손가락을 찔러서 피를 내 보았으나 증상은 나아지지 않았다. 서둘러서 병원에라도 가 보아야 되겠다고 판단을 하고 병원으로 가던 중 순간적으로 정신을 잃었다. 아주 잠깐 동안의 일이었다. 나는 금방 깨어나서 개인병원에서 소화기 관련 처치와 처방만을 받아서 집으로 돌아왔다.

　며칠 동안 지내면서 나 자신을 관찰하고 내 몸의 이상 증세가 있는지를 꼼꼼하게 체크해 보기로 했다. 그렇게 살펴본 결과 평소에는 잘 걸어 다녔던 낮은 언덕길에서 숨이 가빠 오고 가슴이 답답했으며 약간의 어지러움과 현기증을 느끼게 되었다. 병은 자랑해야 고친다고 하지 않았던가? 비슷한 증세로 병원에서 치료를 받았던 주변 친구들에게 전화를 하여 여러 가지 조언을 들어본 결과, 증세가 심상치 않으니 병원에 가서 정밀 검사를 받아보는 게 좋겠다는 결론에 도달하게 되었다.

급하게 병원에 예약을 하고 서둘러 입원 절차를 밟아서 정밀 검사를 하기로 했다. 그냥 정밀검사만 하는 것으로 알고 입원을 했는데 담당 의사는 정밀검사 도중 심각한 상황이 발견되면 시술이 동시에 이루어질 수 있다는 말도 해주었다. 대장내시경 검사를 하다가 용종이 발견될 경우 그것을 제거하는 것과 비슷한 것으로 이해를 하면 되겠냐고 물어보니 그렇다고 답했다.

그렇게 별일 없이 끝날 줄 알았던 정밀 검사는 약 2시간에 걸친 시술로 진행되었다. 문제는 심장에 있었다. 심장의 관상동맥 중 한 부분이 심하게 막혀서 제 기능을 하지 못하고 있는 사실을 발견하게 된 것이다. 막혀 있는 혈관을 넓혀주는 시술을 받아야 했다.

시술은 국소마취로 진행되었다. 시술이 진행되는 동안 나는 모니터 화면으로 심장혈관의 상태를 볼 수 있었다. 의사와 간

호사의 대화 내용을 들을 수 있었을 뿐만 아니라 의사가 묻는 말에 대답을 하면서 시술이 진행되었다. 참 신기한 경험이었다. 대한민국 의료기술이 발달했다는 것을 몸소 체험하였다.

돌이켜 생각해 보니 내 몸에 지금의 증세가 나타나기 시작한 시점은 지난해였던 것 같다. 지난해 가을, 휴양림에 근무할 당시 숲해설을 진행하기 위해 체험코스를 따라서 안내하는 도중 뜻밖의 신체 변화를 경험하게 되었다. 언덕길을 한참 올라가서 평평한 지점에 도달하여 주변의 나무들에 관해 이야기를 시작하려는데 갑자기 가슴이 답답해 오면서 숨이 가빠지기 시작했다. 주변이 아득해지는 느낌이었다. 다른 사람들이 눈치채지 못하게 하려고 심호흡을 하면서 진정시키려고 애를 썼다. 그러나 속으로는 '왜 이러지?' 하며 소리치고 있었다. 다행스럽게도 몇 분이 지난 후, 그 증상은 겨우 진정이 되었었다.

체험코스 중에는 더 이상의 언덕길은 없었고 평지로 연결되어 있어 그날의 숲해설은 별다른 어려움 없이 끝낼 수 있었다. 그때는 그냥 막연히 나이를 많이 먹어서 그런가 보다 하고 별다르게 생각지 않고 무심코 넘겼었는데, 그렇게 내 몸에 나타난 신체적 현상이 목숨을 앗아갈 수도 있는 커다란 질병의 전조증상이었다는 것을 깨닫고는 가족들과 나는 가슴을 쓸어내렸다.

나는 10代에는 국소마취로 맹장수술을 하고서 병원에 입원을 한 적이 있다. 또한 20代에는 군 병원에서 허리 디스크 수술을 하고서 열흘 정도 입원한 적이 있다. 10代나 20代의 수술과는 달리 이번 심장 관상동맥 시술은 생명을 연장하는 수술이 아니었나 싶다.

73학번 동기들을 비롯한 주변 친구들의 우정 어린 충고 덕분에 몸의 이상을 일찍 발견할 수 있게 되었고, 그에 따른 의료 처치까지 할 수 있어 정말 다행이었다. 나의 병을 알리고 자랑할 친구들이 있었기에 큰 위기를 잘 넘길 수 있었다. 이제 조금이나마 생명이 더 연장되었고 새로운 날들을 선물로 받았으니 하루하루를 더욱더 열심히 살아야겠다고 다짐하게 되었다.

대학교 전경

제 3 장

카투사의 추억

신병교육대

　요란스럽게 뉴스 시간을 장식하는 벚꽃 놀이가 한창인 때였던 것으로 기억한다. 여러 친구들이 송별회를 해주었다. 그때 당시 신체 건강한 사나이였고, 우리나라 남자라면 누구나 가게 될 군대였지만 왠지 모를 두려움이 있었다는 것은 부인할 수 없었다. 그나마 친구들의 송별회가 위로가 되었다. 그 두려움의 정체는 군복무 기간이 34개월이었던 시절, 2개월 빠진 3년이라는 시간동안 어떤 일이 펼쳐질지 알 수 없었기에 불확실한 미래에 대한 두려움이었을 것이다.

　그도 그럴 것이 군대에 대해 들리는 소리들은 늘 기합 받은 이야기, 고참에게 맞은 이야기, 화장실에서 눈물을 흘리며 몰래 숨겨둔 간식을 먹었던 서러운 이야기들이었으니 그럴 만도 했다. 그러나 한편으로는 여러 무용담을 들으며 멋진 사나이가 되기 위해 겪어야 될 일이라고 생각하니 비장함도 함께 가지고 훈련소로 향했다.

육군 39예비사단 신병교육대에 입소하여 6주간의 전반기 교육을 받았다. 사회에서 자유롭게 살던 대학생이 전국에서 모여든 가지각색의 사연을 가진 20대 초반, 같은 또래의 젊은이들이 많이 모인 곳에 있으니 어리둥절하고 경황도 없었다. 게다가 그때 당시의 나로서는 태어나서 처음 맛보는 육체적인 고통을 견디어야 했다. 숨이 차고 힘든 훈련들과 기합이 나를 기다리고 있었다.

고된 훈련을 끝낸 어느 날, 꿀처럼 달콤한 휴식시간이 주어졌다. 담배 한 대를 꺼내 입에 딱 물었는데, 그때의 그 황홀한 맛을 지금도 잊을 수가 없다. 우리에게 보급품으로 지급된 화랑담배는 낱개의 개비에 필터가 없어서 입술에 담뱃잎이 묻어나기도 했으나 그것이 문제가 되지 않았다. 입에서 단내가 나도록 구르며 몸과 마음이 모두 녹초가 된 상황에서 담배를 피며 한숨 돌릴 수 있다는 것만으로도 감사했다. 고된 훈련 끝에 맛본 담배 일발 장전은 잊을 수 없는 행복했던 찰나의 기억이다.

전반기 신병 교육 6주간은 기초군사훈련과정으로 민간인에서 군인으로 만들어지는 과정이었다. 그때 나의 눈은 반짝반짝 빛이 났었고, 이를 제외한 얼굴 전체가 까맣게 그을렸다. 하얀

이가 더 두드러져 보였다. 내가 나를 거울에 비추어 보았을 때 전혀 다른 사람을 보는 느낌이어서 깜짝 놀랐다. 육체적인 활동은 확실히 여러 가지 잡념들을 없애주었다. 신병교육대에서 훈련에 집중하며 육체적인 활동이 많아지니 더욱 정신이 집중되어 생각이 단순해지고 목표가 분명해지는 경험을 했다.

25m 영점사격에 통과하지 못해서 받았던 여러 가지 기합들은 정말로 힘들고 고통스러웠지만, 지금은 그마저도 웃으며 이야기할 수 있는 아련한 추억거리다. 가끔 남자들의 술자리에서 제일 많이 등장하는 이야기 중의 하나가 사격훈련 때 기합받은 이야기들이다. 끝이 없이 반복되는 이야기들이지만 각자 누가 더 기가 막히고 심한 기합을 받았는지 경쟁이라도 하듯 자신의 경험담을 이야기하느라 시간 가는 줄을 모른다. 아마도 힘든 군대 생활 이야기는 이런 과정을 통해 더욱 와전되었을 것이고, 아직 군대에 가지 않은 사람들에게 이런 이야기는 더 큰 공포심을 일으켜 군대기피증까지 생기게 할 정도였으니, 군대 무용담 경쟁은 웃기기도 하고 슬프기도 한 현상이었다.

나는 훈련병 시절, 특정한 종교를 가진 사람이 아니었음에도 불구하고 신병교육 기간 중에는 일요일마다 교회에 나가는 '나이롱' 교인이었다. 일요일에는 공식 훈련 일정은 없었으나 부대 내의 각종 사역 활동이 많았다. 나는 쉴 수 있는 일요일에조차 사역에 동원되는 것이 너무 힘들어서 잔머리를 굴렸다. 적어도 일요일 오전은 각종 사역에 동원되지 않고 교육대 내의 교회에서 편안히 보낼 수 있게 된 것이다!

내가 신병교육기간 중에 나이롱 교인이 될 수 있었던 것은 그나마 알고 있는 성경 구절이 있었기 때문이었다. 고참병은 내가 원래 교회를 다녔던 교인인지 아닌지 확인하기 위해 알고 있는 성경 구절을 말해 보라고 했다. 나는 내가 알고 있었던 성구를 천연덕스럽게 말했다. 그랬더니 고참병은 조금의 의심도 없이 나를 교인으로 인정하고 일요일마다 교회에 가는 훈련병 명단에 등록해 주었다. 사실 그 성구는 어느 공공장소에서 보았던 것으로 기억한다. 그게 어디였는지 잘 기억나지 않지만 우연히 보고 기억하고 있던 그 성경 구절이 신병교육대에서 그렇게 나를 살릴 줄은 몰랐다. 지금 생각해도 신기하고 재미있는 경험이었다.

세월이 흘러간 후에 찾아보니 그것은 신약성경 마태복음 11장 28절에 있는 내용이었다. 지금도 나는 그때 그 훈련병 시절에 내가 외웠던 성경 구절을 잊지 않고 기억하고 있다. "수고하고 무거운 짐 진 자들아 다 내게로 오라 내가 너희를 편히 쉬게 하리라"

교회 부활절 예배에 참석했을 때는 삶은 달걀이 제공되었다. 그리고 평상시 군에서는 맛보지 못했던 맛있는 간식들을 다른 병사들은 맛보지 못하는데, 나를 포함해서 교회에 가는 사람들만 일주일에 한 번씩 꼬박꼬박 먹었던 경험은 지금 와서 생각해도 즐거운 추억이다.

훈련소에서의 시간들이 힘들고 고되었지만 선물처럼 주어진 짧은 휴식시간들이 그 시간을 견디는데 힘이 되었고 어려움을 견뎌낸 것이 지금은 재미있는 추억이 되었다. 훈련병 시절을 젊은 시절 한 번은 겪어야 할 과정이라 받아들였고, 그렇게 그 시간들을 지내고 났더니 내면적으로나 육체적으로 나의 성장에 크게 보탬이 되었다.

이등병 첫 외출

카투사 교육대
(KTA)

전반기 신병교육 6주간을 수료하고 빛나는 '노란 작대기' 하나
가 부착된 외출복과 모자를 착용하고 연병장에 집합하였다. 후
반기 교육을 받기 위해 각 병과별로 대기를 하고 있었다. 220여
명의 신병교육대 수료자들의 전문교육을 위한 배치를 위해 연
병장 지휘소에서는 그들의 배치 장소를 호명하고 있었다.

누구누구는 000보충대, 누구누구는 군의학교, 누구누구는
어디라며 소리가 큰 마이크로 훈련병들의 이름을 계속 불렀고,
호명된 병사들은 각 부대 별로 끼리끼리 모여서 조교의 설명을
듣고 있었다. 호명이 거의 끝날 때까지도 나의 군번과 이름은
불리질 않았다. 혹시 이 부대에 조교로 남게 되는 것은 아닌가
하고 혼자 이런저런 생각을 하고 있을 때, 나의 군번과 이름이
불렸고 000부대라고 하였으나 정확하게 알아듣지 못하고 어리

둥절해 있었다. 그때 조교 한 명이 나를 포함한 그룹의 인원을 별도의 장소로 안내했다. 그곳은 신병교육대의 내무반이었다.

우리를 안내한 조교는 우리에게, 지급받은 보급품 중에서 지금 입고 있는 내의와 외출복만을 입고 나머지는 전부 반납하라고 지시했다. 우리는 후반기 교육 장소에서 보급품을 제공 받을 수 있다고 하면서 무척이나 부러워하는 눈치였다. 다른 신병교육대 수료자들은 커다란 더블백(double bag 혹은 duffle bag)을 메고서 출발지 철도역으로 이동했고 내가 속한 팀 20여 명은 이등병 계급장이 달린 외출복에 세면도구가 들어있는 간단한 소지품만 가지고 출발지인 철도역으로 이동하였다.

철도역에서 수송이동관리단(T.M.O) 완장을 착용한 병사들의 지시에 따라 기차에 탑승하였고, 삼랑진을 경유하여 경부선 상행선 철길로 이동하기 시작했다. 피곤하고 얼떨떨한 심정을 진정하자 졸음이 몰려왔다. 잠깐씩 졸고 있는 동안 기차는 역마다 정차하면서 신병들을 내려놓고 있었다.

시간이 얼마나 지났을까? 새벽이 되었고 나는 잠에 취해 있었다. 나를 포함한 신병 그룹 20여 명이 도착한 곳은 평택역이었다. 기차에서 내려 개찰구를 빠져나가니 우리를 데려갈 조교와 버스가 와서 대기하고 있었다. 조교는 인원수와 이름과 군번을 확인한 후 영어 발음으로 뭐라고 했다. 처음에는 무슨 말인지 정확히 알아들을 수 없었으나 나중에서야 무엇을 말하는지 알 수 있었다. 조교는 우리에게 학교에서 배운 영어 발음과 실제로 들리는 발음의 차이를 이야기한 것이었다. 그러고는 후반기 교육을 받을 곳이 어디인지 말해주었다. 후반기 교육 장소는 바로 미 8군 지원단 소속으로 있는 카투사 교육대였다! 그제야 비로소 내가 후반기 교육을 받을 곳과 교육 수료 후 근무해야 할 부대가 어디인지를 정확하게, 확실히 알게 되었다. 3주간의 후반기 교육을 열심히 받아서 수료해야만 근무가 가능하다는 엄포를 놓기도 하였다.

새벽 2시경에 부대에 도착하여 숙소를 배정받았는데 개인 철제 침대가 있는 숙소였다. 신병교육대의 내무반과는 분위기가 달랐다. 그때는 침대가 일반 서민가정에 흔하게 보급되어 있던 시절도 아니었는데 군대는 오죽했겠는가? 그런데 군인 숙소에 침대라니, 꿈만 같았다. 얼떨떨한 기분을 뒤로한 채, 배정된 침대에 걸터앉아 있었다. 게다가 침대를 처음 사용해서 그런지 기분이 좋은 것 같기도 하고 불편한 것 같기도 하고, 이상했다. 갑자기 맞게 된 새로운 환경에 긴장이 되어 잠을 이루지 못할 것 같았는데 이런 저런 생각을 하다 잠시 후 단잠에 빠졌다. 나에게 펼쳐질 미래가 어떤 것인지 상상도 하지 못한 채로.......

막사 앞에서

잊지 못할
첫 아침식사

카투사 교육대에 배정된 첫날 아침이 밝았다. 카투사교육대에서의 숙소도 그랬지만, 아침식사 또한 신병교육대와는 판이한 식단이었다. 부대 식당을 들어서자 고소한 빵 냄새와 고기 냄새가 진동을 했다. 그전까지는 한 번도 본 적 없는 구운 베이컨이 식빵 사이에 끼워 넣어져 있었고, 바삭하게 구운 토스트와 역시나 처음 보는 핫케이크 한 조각, 우유 한 잔, 주스 한 잔, 그리고 계란 2개가 아침 식사 메뉴였다. 알고 보니 그것이 바로 아메리칸 스타일의 아침식사였다.

그때까지만 해도 나는 베이컨이라는 음식은 듣지도 보지도 못한 신기한 음식이었다. 고기도 제대로 사 먹기 힘든 시절이었는데 외국 음식인 베이컨이라는 것을 보았을 리가 없다. 그런데 고소한 냄새가 나는 그 얇은 고기가 빵 사이에 한가득

넣어져 있는 것이다. 겉모습만 봐도 군침이 돌았다. 그날 아침, 처음 맛본 달콤한 핫케이크의 맛은 평생 잊지 못할 정도로 맛있었다. 식사 후에는 맛있는 커피까지 타서 자유롭게, 먹고 싶은 만큼 마음대로 먹을 수 있었다. 한 끼의 식사가 이렇게 충격적이었던 적은 없었다. 마치 내가 다른 세상에 와있는 느낌이었다. 미군들과 함께 생활하는 곳이었으니 실제로 다른 세상이기도 했다.

1970년대 초반 우리나라는 모든 것이 풍족했던 시기는 아니었다. 먹거리 역시 종류가 다양하지 못했고 매일 먹는 음식이어도 양적으로 항상 충분하지는 않았다. 간식이라고 해봐야 감자, 고구마, 옥수수 등 그야말로 친환경 먹거리들이었고, 주식으로는 흰쌀밥보다는 거의 잡곡밥을 먹었던 때였다. 그 당시에는 한 되, 두 되 이런 식으로 쌀을 팔아서 먹는 집도 있었으니 쌀이 그저 흔한 시대는 아니었다. 학교를 다닐 때는 도시락을 싸다녔는데 선생님이 밥에 잡곡을 넣어서 싸왔는지 아닌지 검사를 하시곤 했다. 건강을 위해 그랬을 수도 있지만 쌀도 풍족하지 않아서 그랬던 것 같다. 그런 시대에 살고 있었던 나에게 미군 부대에서의 음식들은 대부분이 처음 먹어보는 음식들이었다. 나는 나에게 찾아온 그런 변화가 싫지 않았다. 그저 놀라울 따름이었다. 갑자기 비행기를 타고 한국에서 미국으로 건너간 것 같은 느낌을 받았다. 그 이후에도 그 당시에는 생소했던 치킨이며, 스테이크, 바나나, 아이스크림 같은 여러 가지 새로운 음식을 마음껏 먹을 수 있는 행운이 기다리고 있었다.

그렇게 황홀했던 첫 아침 식사를 마치고, 오전에는 피복 수령과 관물대(wall locker)를 정리하는 일정이 있었다. 신병교육대에 두고 온 더블백 속의 물품보다 더 많은 수량의 피복을 수령하였다. 미군 부대라 그런지 풍성한 지원 물자에 또 한 번 놀랐다. 내가 받은 개인물품들을 관물대에 정리하는 것으로 오전 일과가 끝이 났다.

점심 식사로는 햄버거와 핫도그 중에서 선택하여 먹을 수 있었다. 나는 둥근 빵 속에 고기와 야채가 잔뜩 채워진 햄버거로 점심을 먹었다. 햄버거도 처음 먹어보는 음식이었다. 70년대 초 한국사회에서 햄버거는 아직 대중화되기 전이었다. 근데 그게 그렇게 맛있을 수가 없었다. 천국이 따로 없다는 생각이 들 정도로 맛있게 식사를 마쳤다.

오후에는 교육대 입소식과 강당에서의 실내교육이 진행되었다. 미국과 미국 군대의 역사에 관한 것, 한국 전쟁과 카투사 창설 이유와 배경, 그리고 앞으로 3주간의 교육 일정에 관하여 상세히 소개하고 안내하는 시간이었다. 카투사 교육대에서의 교육내용으로는, 기본적인 영어 사용, 제식훈련에 필요한 용어를 영어로 익히고 제식훈련하기 및 영어로 된 미군의 계급장에 대한 교육이 있었다. 교육대 내에서의 일상생활과 교육훈련이 전부다 영어로 진행되었다. 미군 부대에서의 일상생활을 미리 체험하고 익히는 과정으로 일정이 짜여 있었다.

3주간의 교육 일정 중에 웃지 못할 일들이 꽤 있었다. 교육생 중에 좌변기 사용이 익숙하지 않아서 볼일을 볼 때 군화를 신은 채로 변기 위에 쭈그리고 앉아 용변을 보다가 미끄러져서 발목을 심하게 다친 사람이 있는가 하면, 우유를 잘 소화하지 못하는 체질인 사람이 있었는데 본인도 그것을 모르고 있다가 카투사 교육대에 와서 우유를 많이 마시고는 너무 배가 아파 화장실과 의무대를 계속 왔다 갔다 하는 사람도 있었다. 우유가 맞지 않는 자신의 체질을 그때서야 알게 된 것이었다.

사실 그 당시 카투사 배치를 받으면 의무적으로 하는 교육이 있었다. 바로 화장실 사용법이었다. 지금은 좌변기가 거의 모든 가정에 보급되어 있으니 그런 교육은 하지 않을 것으로 생각된다. 그러나 그 당시에는 아마 모든 카투사 병사들에게 양변기라는 것이 생전 처음 보는 물건이었을 것이다. 나 역시 그랬다. 우리는 변기 위에 올라가서 쪼그리고 앉지 마라는 교육을 받았다. 이렇게 세밀하게 교육하는 것을 보니 이미 별의 별 사건들이 다 일어났었던 것 같았다.

그리고 뒤처리는 꼭 두루마리 휴지를 사용하라고 했다. 종이가 변기에 들어가면 아주 곤란한 일이 생긴다는 것이었다. 배변후 종이나 신문지를 주로 사용하던 시절이라 그런 교육을 할 수밖에 없었던 것 같다. 처음 보는 새하얀 두루마리 휴지가 신기했었다. 지금 생각하면 우습지만 그 당시엔 이런 기본적인 것조차도 아예 처음이었기에 어찌 보면 가장 필요했던 교육이 아니었나 싶다. 그럼에도 불구하고 좌변기 사용이 불편했던 병사들중에는 변기 위에 올라가서 쪼그리고 앉아 용변을 보다가 다치는 사람이 가끔씩 나왔다. 나 역시도 처음에는 익숙하지 않으니 너무 불편해서 한 며칠 용변을 보기가 어려웠다. 그러다가 한두주가 지나서야 겨우 조금씩 익숙해졌던 기억이 난다.

또 미군 부대 내에서의 하루 세끼의 양식 식사가 입에 맞지 않아 밥을 잘 못 먹는 교육생도 꽤 있었다. 식사를 제때 하지못한 교육생들은 저녁 식사 후에 카투사 교육대에서 부설로 운영하는 간이식당(스낵바 snack bar)에서 라면을 사 먹기도 했다. 그때 간이식당을 운영하시던 분은 세계적으로 유명한 권투 선수의 어머님이셨던 것으로 기억된다. 그 선수가 남긴 유명한 말 중의 하나가 "엄마, 나 챔피언 먹었어!"였다.

후반기 교육 3주 중에 몇 명의 교육생은 한국 군부대로 돌아가기도 했다. 이것을 '나까미 된다'라고 하였는데 처음에는 무슨 말인지 모르고 다들 쓰니까 따라 쓰다가, 나중에 알고 보니 영어 'ROK Army(한국군)'에서 온 말이었다. ROK Army의 콩글리시 발음이었던 것이다. 말 그대로 한국군으로 돌아간다는 의미였다.

교육생의 대부분은 대학을 다니다 군에 입대한 사람이거나 고등학교를 졸업한 사람이었다. 그때 당시에는 고학력자들이었다. 일정한 기준 이상의 테스트에 통과한 사람들이 교육을 받고 수료할 수 있었다. 전국의 신병교육대에서 차출된 한 기수의 인원이 200여 명이었던 것으로 기억되는데 그중에서 10% 정도가 교육 중 탈락된 것으로 알고 있다.

3주간의 카투사 교육대에서의 생활은 음식이나 언어 등의 부분에 있어서 미 8군 예하부대에 잘 적응할 만한 사람들을 뽑기 위한 시간이라고 여겨진다. 다행히도 나는 식사에 별다른 어려

움이 없었다. 제공되는 식사를 잘 먹었고 소화도 잘 시키는 편
이었다. 영어로 된 제식훈련을 할 줄 알게 되고, 계급장을 영어
로 말할 수 있게 되고 기본적인 인사법이나 식사법에 익숙해질
무렵, 교육생들은 교육대의 교육을 무사히 수료하고 전국의 미
8군 예하부대로 배속되어 근무하게 되었다.

허리 디스크
수술

교육 수료 후 처음으로 배치된 부대는 평택 소재의 지원 여단 사령부 예하 중대였다. 기수 수료자 중 이등병 중에서는 나 혼자 자대에 배치되었다. 부여된 주요업무로는 중대 내의 자재를 정리하고 포장하는 등의 단순한 업무였다. 주말이나 휴일에는 일반 국군들에 비해 시간 사용이 자유로운 편이어서 평택 읍내에 있는 학교에서 축구시합을 하곤 했었다.

그렇게 약 2개월 정도의 시간이 지날 때쯤이었다. 나는 축구 시합 도중에 넘어져서 다리를 다치게 되었다. 처음에는 별로 대수롭지 않게 생각하고 간단한 응급처치와 치료를 하면 나아지려니 하고 있었는데, 그 이후로 다리뿐만 아니라 허리까지 심한 통증을 느끼게 되었고 시간이 갈수록 통증이 점점 심해졌다. 심지어는 군화를 신은 상태에서 왼쪽 발을 질질 끌게 되는 상황에까지 이르게 되었다. 더 이상 이대로 있어서는 안 되겠다고 판단해서 부대 내의 절차를 밟아 용산에 있는 후송병원으로 가서 치료를 받기로 했다.

나를 진료한 군의관(Maj, McClane)은 몇 가지 검사를 진행한 후 척추(디스크) 수술을 해야만 완치될 수 있을 것이라고 했다. 그와 동시에 입대 전에는 무슨 일을 했는지, 그리고 제대후에는 무슨 일을 할 예정인지를 상세하게 물었다. 그러면서 수술 후 육체적인 힘든 일을 하지 않는다면 완치가 되고 일상생활에 아무 지장이 없다며 수술할 것을 권하였다.

그 당시만 해도 디스크 수술은 쉽게 결정할 수 있는 수술이 아니었다. 하반신 마비가 된다느니 평생을 불구로 살지도 모른다는 등의 디스크 수술에 대한 별로 좋지 않은 이야기가 많이 떠돌고 있던 시절이었다. 며칠을 고민한 후 군의관의 믿음직한 인상을 믿고 수술하기로 결심하고 수술대에 엎드렸다. 가족도, 누구 한 사람 지켜보는 이도 없이 수술대에 올라가 있으니 외로움이 밀려왔다. 디스크 수술에 대한 선입견이 있어 무섭기도 했다. 잘못되면 어떡하지 하는 불안한 마음이었다.

그러나 다행히도 수술은 별 탈 없이 잘 끝났다. 나는 수술 후 깨어나 간호병들의 부축을 받으며 걸음마 연습부터 해야 했다. 수술 자국이 아물고 혼자 걸을 수 있게 되었을 때 퇴원하여 특명으로 한 달간 휴가를 받아 집에서 쉴 수 있었다.

  지금 생각하면 정말 나는 운이 좋았던 것 같다. 지금도 나는 주변에서 허리 디스크 수술을 하고 일상생활을 제대로 못하고 있다는 이야기를 많이 듣는다. 될 수 있으면 디스크는 수술하지 않고 치료해야 한다고 하지 않는가? 그런데 그때 당시 의술로, 군부대 병원에서 수술하고도 이렇게 멀쩡하게 살고 있다는 것이 신기할 따름이다.

  휴가를 끝내고 겨우 일상생활로 복귀한 후 부대를 옮기게 되었다. 새로 근무할 부대는 용산에 위치한 부대였다. 나는 용산 소재의 미 8군 19지원 여단 예하부대 중대 본부에서 카투사 서무병으로 근무하게 되었다. 내가 근무하는 중대본부 사무실에는 미군 중대장인 소령 한 명과 행정장교 중위 한 사람, 그리고 미군 행정병 여러 명이 있었고, 카투사 중대 본부에는 선임하사인 한국군 중사 한 명과 나의 사수(선임병)인 서무계 병장 한 명 그리고 나, 이렇게 3명이 있었다.

라면
당번병

　중대 내에서 여러 분야 직군별로 근무하는 카투사병의 숫자는 20여 명 내외였던 것으로 기억된다. 각자 직군 별로 근무하는 장소가 멀지 않았고 점심 식사 시간에는 함께 모여서 식사할 수 있는 거리에 위치하고 있었다. 일등병 이라는 계급으로 전입된 초기에는 졸병으로서의 서러움도 꽤 있었다. 기존 부대원들의 텃세가 무척이나 심했다. 그러나 그 정도는 당시에는 어디에서나 겪을 수 있는 어려움이었으며 관행이다시피 했다.

　중대본부에서 서무계 조수로서의 일을 익히고 있을 무렵, 중대본부 옆 건물에는 카투사 이발소(barber shop)가 있었다. 넓은 공간은 아니었으나 카투사 병들의 머리 손질을 하는 곳이었고, 때로는 고참들이 졸병들을 기합 주는 장소이기도 했다. 나는 그곳에서 열심히 라면을 끓이는 당번이었다. 당시 선임하사인 K 중사는 출퇴근을 하는 관계로 아침 식사를 하지 않고 부대로 출근하여 라면으로 아침 식사를 대신했는데 졸병인 내가 아침 식사용 라면을 끓여야 했다. 3개월 정도 거의 매일 아침 라면을 끓이다 보니 나중에는 라면 냄새가 싫어질 정도였다. 그래서인지 지금도 라면을 별로 좋아하지 않는다. 상병으로 진급할 무렵에는 더 이상 그 일은 하지 않아도 되었다.

미군 행정병 중에 흑인 여군 일병이 한 명 있었는데 무척이나 예뻤다. 흑인에 대하여 개인적으로 선입견이 있었는데 선입견을 없애 줄 정도로 상냥하고 예쁜 여군이었다. 친하게 지내고 싶었으나 사실 언어 소통이 원활하지 못해서, 쉽게 접근하기도 어려웠고 또한 용기가 나지 않아 접근해 볼 수도 없었다. 그러나 매일 매일을 같은 중대본부 사무실에서 얼굴을 맞대고 생활하다 보니, 볼 때마다 가벼운 목례나 인사를 하는 사이가 되었다.

여군 병사는 일등병에서 상병으로 진급하게 되었고, 조금 더 친숙하고 가까운 사이가 되었다. 부대에서 마주치게 되면 "서전 쟁(Sergeant Jang)!"(그들은 내 이름의'장'을 그렇게 발음하곤 했었다.)을 외치면서 나한테 다가오곤 하였다. 가끔은 반갑다는 인사로 나를 가볍게 포옹하곤 할 때는 적잖이 당황스럽긴 했으나 싫지는 않았다. 우리와의 문화적 차이를 느낄 수 있는 부분이었다. 우리로서는 아무 사이도 아닌 남녀가 서로 포옹한다는 것이 어색하고 당황할 수 있겠지만 그들에게는 자연스러운 인사 방법의 하나였다.

나를 특별하게 생각하지는 않았겠지만 같은 또래이다 보니 관심을 갖고 잘 대해주지 않았나 싶다. 그 젊은 나이에 여성의 몸으로 잘 알지도 못하는 한국이라는 나라에서 왜 군인으로 살고 있는지에 대해서도 한번쯤 물어보았으면 좋았겠다는 생각이 든다. 어쩌면 타국에서 외롭게 생활하고 있었을지도 모르는데, 한국에 대해 그가 모르는 것도 알려주며 친하게 지냈으면 그녀의 한국생활에 도움이 되지 않았을까 하는 생각이 든다. 지금 이 순간도 어느 하늘 아래에서 예쁜 할머니의 모습으로 잘 살고 있겠지.

미군들은 종종 예의가 없게 느껴질 때가 있다. 물론 유교적인 문화 속에서 살아온 한국인인 나의 기준일 수 있지만 말이다. 자신들이 세계 일등 국민이라고 생각해서인지 자부심이 지나쳐서 우리 카투사 병사들을 무시하는 태도가 여러 말과 행동에서 자주 나타났다. 그러나 그들이 그러면 그럴수록 우리는 무시당하지 않고 당당하기 위해 최선을 다해 노력했다.

아침 일찍부터 연병장에 나가서 태권도 연습을 하며 체력적인 면에 있어서 뒤지지 않도록 체력 관리를 했고, 무술 실력에서도 절대 약하지 않음을 보여주었다. 사격장에서는 일등 사수의 자격을 유지하기 위해 정성을 다해 한 발 한 발을 사격하였다. 혹시라도 실수가 있을 때는 고참들에게 불려가서 정신교육(?)을 더 철저히 받기도 했다. 이래서 되겠냐, 미군들에게 무시당하고 싶냐, 좀 더 잘하자 하는 등 일종의 잔소리였지만 그것은 현장에서 직접 미군들의 편견을 몸으로 겪으며 생활하고 있는 우리에게는 절실한 문제였기에 달게 들었다.

미군들에게 무시당하거나 얕보이지 않기 위해 노력하던 이런 분위기는 그 당시 우리 부대의 병사들만 그런 것이 아니라 카투사 전체에서 일종의 전통처럼 내려오는, 신념에 가까운 정신이었다. 자존심이 강한 한국인의 기질이 부정적인 방향으로 표출되는 것이 아니라 긍정적인 방향으로 발현되어, 자신들의 능력을 더욱 계발하고 업그레이드시키는 요인으로 작용했다.

카투사에 대한 외부의 여러 가지 평가가 긍정적일 수밖에 없었던 것도 아마 이런 영향이 있었기 때문일 것이다. 일제 강점기 때도 그랬듯이 밟으면 꿈틀하고야 마는 한국인 특유의 민족성과 카투사 병사들의 내면에서 끓어오르는 강인함과 의연함이 잘 드러나는 대목이라고 볼 수 있겠다. 한국인을 대표하여,

한국인의 명예를 걸고 최선을 다하는, 카투사 병사들이 있었기에 오늘날까지도 세계에서 유일하게 미군과 연합하는 형태로 국내에 주둔하는 제도를 유지하고 있다. 굳건한 한미 동맹의 이면에는 이러한 카투사 병사들의 노력이 현재까지도 계속되고 있음을 정부와 국민들이 알아주기를 바란다.

인종 갈등은 미군들 사이에서도 눈에 보일 정도로 심했다. 부대 내에는 H.R.(Human Relation) Room 이라는 부서가 있어서 미군 상사 한 명이 상담하고 조정하는 광경을 자주 볼 수 있었다. 미국 군인 중 백인은 은근히 흑인을 무시하는 듯 느껴졌고, 흑인은 또 황인종인 우리를 무시하는 듯 했다. 식당(Mess Hall)에서 배식을 하는 경우나 같은 것을 두고서 부족할 경우 카투사 병사는 항상 뒤로 밀려나 있었다. 그들은 우리를 대하여 점령군 같은 태도를 보였고, 우리는 무어라 설명할 수 없는 아픔을 가슴에 담고서 군 생활을 했었다.

미국의 원조가 없이는 살기 어려울 정도로 나라가 힘이 없었던 때라 그랬을 것으로 추측한다. 한 나라의 국력이 개개인의 백성에게 미치는 영향력의 정도를 보여주는 현상이었다. 지금은 우리나라가 세계 10위권 경제 규모로 성장했고, 급기야 개발도상국의 위치에서 선진국으로 인정을 받을 정도로 국격이 눈에 띄게 향상되었다. 불행 중 다행으로, 코로나 19를 통해 대한민국 국민들의 높은 의식 수준과 선진화된 건강보험 시스템 등의 전반적인 의료 시스템이 세계 최고를 자랑하고 있다는 사실이 증명되기도 했다. 게다가 K-POP 등 한류 붐을 타고 전 세계에 문화적인 영향력을 과시하고 있는 시대가 되다보니, 한국 여권만 있으면 191개국을 비자 없이도 다닐 수 있을 만큼 대한민국의 위상이 하늘 높은 줄 모르고 올라가고 있다. 그런 시대에 살고 있기에 지금은 카투사에서의 한국군에 대한 대우가 우리 때와는 달리 조금은 더 좋아지지 않았을까 기대를 해본다. 앞서간 선배들의 땀과 노력이 있었기에 우리의 자녀와 후손들이 이렇게 인정받게 되는 시대가 되었다고 생각하니 감격스러울 따름이다.

요즘 연예인들 사이에서 가끔씩 문제가 되고 있고, 사회적으로 이슈가 되기도 하는 대마초 흡입 문제는, 그 당시 미군 부대 내에서는 자주 목격할 수 있는 현상이었다. 미군들 사이에서는 막사에서나 클럽에서 대마초를 흡입하는 것이 자연스러웠다. 담배보다 옅은 색깔의 연기로, 매캐한 냄새가 엄청 자극적이었던 것으로 기억된다. 가끔 술에 취해서 대마초를 흡입한 미군 병사들은 음악을 크게 틀어놓고 고래고래 고함을 지르기도 했다. 한 번은 나와 친한 중대본부에 근무하는 병사가 막사에서 나에게 대마초를 피워보라고 권유하였으나 나는 응하지 않았다. 거절당한 것이 멋쩍었는지 그는 나에게 야유를 퍼붓기도 했다. 그때 당시도 나는 그들이 왜 그렇게 대마초에 열광하는지 알 수가 없었지만 지금도 여전히 의문이다.

계절의 여왕이라고 일컬어지는 5월에는 부대 내의 버스를 빌려서 야유회를 다녀오기도 했다. 카투사 병사 중 한 명이 여대생들과의 만남을 주선한 것이다. 부대 내의 카투사 병사 20여 명과 시내 여자 대학생 20여 명을 초청하여 야유회를 가지기도 했다.

카투사 병사들의 복지 차원에서 미군 중대장에게 야유회를 갖게 해달라는 건의를 했는데 이것이 받아들여져 봄, 가을로 진행한 행사였다. 내가 중대본부 서무계에 근무하던 시절에 있었던 일시적인 활동이었으며 고정적인 것은 아니었다.

봄철야유회

원칙이냐
타협이냐

　나의 선임병이었던 J병장은 내가 상병으로 진급할 무렵 만기 전역하게 되었고 내가 서무계 사수(선임병)로서 책임을 맡게 되었다. 중대 내의 카투사 병의 진급이나 휴가 상신, 인사기록 카드 정리, 기타 상급 부대의 업무지시나 협조사항에 대한 보고서 작성 등이 주된 업무였다.

　카투사 병사들은 한국군에 비해서 휴가가 비교적 많은 편이다. 미국의 공휴일과 한국의 공휴일 둘 다 쉬는 데다, 평일에 공휴일이 있으면 사이에 끼인 날도 휴가를 받아 4박5일의 pass 가 주어지곤 했다. 게다가 그때 70년대, 내가 근무하던 때도 근무 형태가 주5일 근무이다 보니 일반 육군들에게 질시의 대상이 되었을 수도 있었을 것이다. 금요일 오후 근무를 마친 후 특박 신청을 하여 선임하사로부터 결제가 나면 금요일 저녁부터 일요일까지 3day 패스를 소지하고 주말 휴가를 갈 수 있었다.

중대 내에서는 서무계 책임자인 나보다 고참인 병사가 대여섯 명 있었다. 문제는 이들이 나에게 은근히 압력을 행사하여 3day pass 증명서를 자주 요청하였다는 것이다. 이 문제가 나에게는 곤혹스러웠다. 그들로 인해 곤란했던 적이 한두 번이 아니었다. 그들의 뜻대로 되지 않으면 그들보다 서열이 아래인 나는 보이지 않는 따돌림도 감내해야 했다. 그러나 3day pass 관련 일은, 선임하사가 퇴근하는 주말에 책임만 나에게 주어졌지, 권한이 주어진 것은 아니었다. 공정하고 합리적으로 휴가 일정이 정해져 있음에도 불구하고 나보다 고참인 점을 앞세워 나를 곤란하게 하고 화나게 하였다.

정당하고 피치 못 할 사정이 있을 때는 외박용 pass를 허가해주기도 했다. 나보다 고참인 K 병장은 결혼한 병사였는데 아기가 아파서 병원에 가야 한다는 등의 딱한 경우에는 pass를 내주었다. 그러나 그 외의 경우에는 고참들의 무리한 요구로 어렵고 힘들지언정 휘둘리지 않고 원칙을 지키려고 노력했다.

오늘날 우리가 살아가는 사회 현실 속에서 이러한 여러 가지 불합리한 것들이 사라지지 않고 만연해 있는 모습을 볼 때 많이 걱정스럽다. 원칙이 지켜지는 사회가 빨리 정착되었으면 좋겠다.

중대본부에서 업무가 익숙해지고 능숙해질 무렵 나는 전역

일 년 정도를 앞두고 병장(sergeant)으로 진급하게 되고 드디어 고참의 대열에 합류하게 되었다. 미군 부대에서의 생활이 2년 정도 지나다 보니 마치 미국에서 살고 있는 듯한 착각을 할 때가 가끔 있었다. 사용하는 언어가 거의 영어였고 주변에 마주치는 사람들도 대부분 영어를 사용하였기 때문이었다. 영어를 능숙하게 구사하지는 못했어도 부대 내에서의 일상생활에는 크게 불편함이 없을 정도로 의사소통이 가능하게 되었다.

뒤돌아보자면 미 8군 카투사 병으로서 근무한 나의 군생활은 여태까지 내가 경험해 보지 못한 새로운 세상을 경험하게 한 소중한 시간들이었고, 나의 사고방식에도 엄청난 변화를 가져오게 된 중요한 시기였다. 한국 땅에서 미국의 문화를 경험할 수 있다는 것은 지금 생각해도 카투사의 큰 매력중 하나이다. 시골 농촌마을에서 태어나 초등학교와 중학교를 그곳에서 마치고 낯선 대도시에 유학 와서 공부하고, 아르바이트하던 것이 대학생활의 전부였던 나였기에, 어쩌면 사회 경험이 부족할 수 있었다. 그러나 반강제적으로 시작된 군 생활을 통해 세계 최강대국 중 하나인 미국이라는 나라를 간접적으로나마 접하며 그들의 문화를 체험할 수 있었다는 것은 그 시대의 청년으로서 가진 멋진 기회였고 행운이 아닐 수가 없었다.

돈들이지 않고 영어를 배울 수 있었다는 것도 카투사 근무의 큰 장점이었다. 3년을 영어학원에 등록하여 다녔어도 배울 수 없었을 많은 것들을 카투사 근무를 통해 배웠다. 경제적으로 많은 학원비가 절감되었고 취업준비도 저절로 된 셈이었다. 영어학습 면에서만 보더라도 일석이조의 효과가 있었다고 할 수 있겠다.

카투사에서의 군복무는 나의 인격에도 엄청난 긍정적인 영향을 미쳤다. 무언가 새로운 것에 도전하는 것을 두려워하지 않게 되었고, 다른 사람과의 관계에 있어 유연한 대인관계가 가능해졌다. 미군들과 부대끼면서 가질 수밖에 없었던 카투사 병사들만의 성실함과 끈기, 민첩함 등도 이 시기를 통해 더욱 증진되었다. 한국인으로서의 자부심과 애국심을 고취시킬 수 있었던 시간이기도 했다.

카투사 근무의 이력이 이후에 있었던 취업준비를 하는 과정에서도 긍정적인 영향을 미친 것은 당연하다. 아무래도 취업준비를 하던 다른 사람들 보다 경험의 폭이 넓었기에 긍정적으로 나를 변화시키기에 충분한 시간들이었다고 인정되었다. 카투사에서의 근무가 나의 미래를 위해서도 큰 도움이 되었던 것이다. 그곳에서 나는 미래를 향한 새로운 꿈을 발견할 수 있었고, 실제적으로 미래를 준비하는 시간을 보낸 것이었다.

제 4 장

미육군 배속의 한국군 (KATUSA)

카투사에 대한
오해

특수한 형태의 근무 여건을 갖추고 있는 카투사 제도의 역사를 정리하여 카투사에 대한 정확한 이해와 인식의 필요성을 느꼈다. 미 8군 한국군 지원단에서 2011년도에 발행한 〈카투사의 어제와 오늘〉을 바탕으로 정리해 보았다.

국내외의 여러 가지 어려운 상황 속에서 갑자기 카투사 문제가 매스컴을 뜨겁게 달구며 힘들고 고된 삶을 살아가고 있는 국민들에게 큰 실망감을 안겨주고 있다. 사회 전반에 영향력을 행사할 수 있는 위치의, 소위 '빽 있는' 부모의 자녀가 카투사 병사로 근무하던 중 원칙을 벗어난 행위를 해 끝없는 논란이 소용돌이치고 있다.

일반인들에게 카투사는 군 생활을 편하고 자유롭게 할 수 있는 곳이며 특권층의 자녀들만 복무할 수 있는 곳이라고 알려져 있는 경우가 있는데 이는 사실이 아니다. 물론 한국 육군에서의 근무형태 등 여러 가지 면을 단순 비교해 본다면 육체적으로 편하고 시간적으로 여유가 많은 것은 사실이다. 그러나 금수저 출신이거나 특권층 자녀만이 카투사로 근무할 수 있는 것은 아니라는 점을 분명히 하고 싶다. 카투사 병사들 중에 그런 사람들이 몇몇 있을 수 있지만, 그들보다 더 많은 일반 서민의 자녀들이 카투사로 복무해왔고 지금도 복무하고 있다.

카투사는 내가 있을 때만 해도 훈련소에서 무작위 차출되기도 했으나 지금은 신체 등급 1급~3급의 현역병 입영 대상자로서 TOEIC이나 TOEFL 등의 영어 어학시험 성적이 일정한 점수 이상인 사람들은 누구나 지원이 가능하고, 신청자 중 전산 공개 추첨을 통해 무작위 차출되는 형식으로 변경되었다. 아마도 영어점수가 일정 수준 이상이어야 하는 점이 사교육을 많이 받은 특권층 집안의 자녀만 지원할 수 있다는 오해를 불러왔을 수도 있다. 그러나 현재의 시스템 상으로는 내가 열심히만 한다면 누구나 지원 가능하다. [2]

우리나라의 군인들이 공정한 절차를 거쳐 공정한 군 생활을 할 수 있도록 제도적인 문제에 있어 국가의 관심이 필요하다. 카투사 입대의 문제뿐만이 아니다. 대기업 취업이나 의사와 같은 전문직, 혹은 스포츠계에 있어 국가대표에 도전하는 절차 등 사회 전반의 모든 분야에 있어 누구에게나 평등하게 기회가 주어지는 나라가 되길 바라본다. 국민의 소리를 들을 줄 아는 정치인들이 많아지길 또한 기대해본다.

카투사 제도의
발생원인

1950년 6.25전쟁 당시 이승만 대통령과 맥아더 유엔군 사령관의 구두 합의에 의해 낙동강 반격 작전 및 인천상륙작전을 위한 전략적 조치로 최초의 카투사가 탄생되었다. 당시 한국전쟁에 참전하기 위해 이름도 낯선 아시아의 작은 땅, 한국에 온 미국 군인들은 한국에 대한 정보가 거의 전무하다시피 했을 것이라는 사실은 짐작이 되고도 남는다. 한국의 언어는 물론이고 지리와 문화에 있어서도 마찬가지였을 것이다. 그런 상황에서 어떻게 전쟁을 이길 수가 있었겠는가?

상황이 이렇다 보니 한국에서는 영어로 의사소통이 가능한 한국인들을 미군 속에 배치하여 그들을 돕는 임무를 맡겼다. 즉 현지에서의 군사력 보강을 위한 일환으로 창설된 제도라 할 수 있겠다. 이것은 현재까지 다른 나라 어디에도 존재하지 않는, 분단국인 우리나라에만 있는 제도이다. 북한의 6.25 남침으로 우리나라를 돕기 위해 파병된 미군에 배속되어 전쟁 중에 사망한 카투사 병사가 11,400여 명에 이르고 있다고 한다. [3]

최초의 카투사 징집은 1950년 8월 15일을 전후하여 주로 피난민이 많이 모여 있던 대구와 부산 등의 거리에서 불시 검문을 통한 강제 징집으로 실시되었다. 일정한 인원수가 채워지면 부산에서 출발하여 일본 요코하마에 도착하여 미 제7보병사단이 임시 주둔하고 있는 후지산 캠프로 합류했다. 제대로 된 신병교육도 받지 못한 어린 병사들이 부대에 배치되어 미군과 함께 한국 전쟁에 참전하게 되었다.

언어적인 장벽으로 인한 의사소통의 어려움과 인종적, 문화적 갈등으로, 초기에 그들이 받았던 차별과 힘들고 외로운 삶의 고통은 상상을 초월했을 것이다. 겨우 소총 하나 다룰 줄 아는 정도의 교육만 받은 채 전쟁터로 달려간 그들의 고통을 과연 우리가 짐작이나 할 수 있을까? 지금 같으면 학교에서 친구들과 공부하고 떡볶이 사먹고, 게임 좋아하는 청소년이었을 어린 병사들. 그들도 고향에 돌아가고 싶었을 것이고, 가족이 그리웠을 것이고, 죽음의 위기 앞에서 살고 싶었을 것이며, 평범했던 일상으로 돌아가기를 소망했을 것이다. 그러나 그들이 작지만 간절했던 자신의 소원을 포기하고 나라를 위해 버티고 싸워주었기에 지금의 이 나라가 굳건하게 서있는 것이리라. 그렇게 그들의 소중한 희생 위에서 카투사 제도 또한 뿌리를 내리게 된 것이다.

카투사 제도가 생겨난 가장 근본적인 원인은 한국 전쟁 기간 중 미군의 병력 부족이었다. 당시 미 육군이 직면한 가장 큰 문제점은 인력 충원의 문제였다고 할 만큼 한국 전쟁 기간 동안에 병력 부족과 병력 배분의 문제가 미국을 가장 괴롭혔다. 한국 전쟁에 참전한 미 육군 몇 개의 사단 중에서 병력 수준이나 전력 상태를 정상적으로 유지하고 있는 부대가 거의 없었다. 전투가 계속 진행됨에 따라 미군의 사상자는 날로 늘어났고 각 부대에서는 신병 보충을 절실히 필요로 했지만 보충되는 인원보다 더 많은 수의 사상자를 내고 있었다. 단순히 머릿수만 채울지라도, 모자라는 인원을 보충하는 것은 그들에게 커다란 힘이 되었을 것이다. 이를 위해 한국군 신병을 받아들이게 된 것이 카투사 제도의 시작이라고 할 수 있다.

최근 들어, 카투사 병사들이 6.25 전쟁 당시 나라를 구한 용감하고 자랑스러운 군인이었음이 새롭게 재평가 되고 있는 것은 고무적인 현상이다. 여태까지 미군 병사나 한국군 참전 용사에 대한 대우나 공적은 나름대로 평가되고 보상을 하고 있었으나, 전쟁터에서 산화한 카투사 병사에 대한 공적은 제대로 평가받지 못한 것이 사실이다. 카투사로 병역의 의무를 다하고 전역한 국민의 한 사람으로서 이 부분이 참 안타깝다.

그러나 6.25전쟁 발발 66주년을 맞이하여 미국 워싱턴 D.C에서는 전쟁에서 산화한 카투사 병 한 사람 한 사람의 이름을 호명하면서 늦게나마 그들의 넋을 위로하는 행사를 하고 있다. 이와 아울러 기념비를 제작하여 그들의 이름을 기록하고 길이 보전하고 기리고자 한다는 소식을 들었다. 늦었지만 정말 다행스러운 일이다. 어제의 희생이 있었기에 오늘의 조국, 오늘의 우리 자신이 있는 것이 아닌가? 그들이 추모 받는 것은 당연하다.

지금은 절판된 《보병전투병들, 카투사 6.25 참전회고록》이라는 책을 소개하는 글이 있어 참고하였다. 그 당시 6.25 전쟁에 카투사로 참여한, 석정래님의 생생한 기록이 전쟁의 비참함을 적나라하게 보여주고 있어 마음이 아파온다.

"영하 40도를 오르내리는 함경도 삼수갑산은 얼음산이라
기어오를 수조차 없었다.

기온 영하 40도를 오르내리는 함경도 삼수갑산의 겨울. 지금 서울 기온이 겨우 영하 몇 도 인데도 사람들은 온 몸에 털옷을 감고도 표정은 추위에 떨고 있다. 오늘 서울 추위의 10배가 더 춥다고 상상해보자. 하늘과 땅이 얼음 덩어리였다. 깡통 씨레이션은 꽁꽁 얼어서 도무지 딸 수가 없었다. 손이 시려서 장갑을 끼지 않고는 깡통을 잡는 것도 힘들었다. 길은 있으나 마나 미끄러워 걸을 수 없었고 산은 얼음산이라 기어오를 수조차 없었다. 산에는 눈비비고 찾아봐도 나무 한 그루 없었고 모두 키가 큰 억새풀들만이 주로 산을 덮고 있었다. [중략]

인해 전술이란 적군을 마치 바다의 파도처럼 겹겹이 사람으로 포위해서 공격하는 전술이다. 첫 번째 줄이 한바탕 공격을 하면 아군의 기관총에 그 들은 거의 전멸을 한다. 그리고 쉬지 않고 두 번째 줄이 또 밀려오고 또 그들이 전멸하고 그리고 또 연이어 세 번째 줄이 거의 소진해서 없어진다. 탄환이 있다 하더라도 기관총 총열이 과열되어 탄환이 나가지가 않게 된다. 세 번째 줄은 총 조차 손에 쥐고 오지 않는다. 첫 번째 두 번째 줄 동료들이 죽으면서 떨어뜨린 총을 진군하면서 집어 든다. 그들은 첫 번째 두 번째 줄이 모두 전멸할 줄 미리 알고 있었고 그들이 떨어뜨린 총을 집어 들면 된다고 생각한 것이다. 그래서 빈손으로 적진을 향해 돌진 할 수 있었다. 인간을 총알받이로 내세우며 밀어붙이는 이 21세기에 말도 안되는 잔인한 전술이 바로 인해전술인 것이었다." [4]

그 당시의 상황이 얼마나 긴박하고 어처구니가 없도록 처절했는지를 조금 엿보는 것만으로도 숙연해진다. 카투사들은 인천상륙작전, 서울 수복작전, 장진호 전투, 흥남철수 작전 등에 참가해 큰 공을 세웠다고 한다. 풍전등화와 같았던 이 나라를 구하기 위해 수많은 전투를 해야 했던 그들의 피맺힌 노고를 우리는 절대 잊어서는 안 될 것이다.

카투사
근무형태

초기에는 한국군 논산 신병훈련소에서 교육을 수료한 자 중에서 선발하여 파견 근무를 하는 형태였다. 카투사로 18개월을 근무하고 한국군에 원대 복귀하여 군생활을 마무리하는 방식이었으나 1968년 이후 원대 복귀 제도는 폐지되고 카투사에서 복무 기간을 다 채우고 전역하는 방식으로 변경되었다.

이유인즉슨, 카투사로 근무를 하다가 한국군에 복귀한 병사들은 편하게 군 생활을 하다 왔다고 하여 동료들에게 괴롭힘을 당하는 일들이 있었다고 한다. 또한 한국군에서 군복무를 하다가 중간에 카투사로 차출되어 가는 경우도 있었는데 이런 경우는 적응상의 문제점들이 생겼다. 계급은 높은 데 비해 의사소통이 제대로 되지 않아 연합훈련 등의 군 생활이 효과적으로 될 수 없었고, 이로 인해 무시를 당하는 일도 많았던 것이다.

짧은 시간 안에 미군 부대에 적응해야 하는 것도 어려운 점 중의 하나였다. 그래서 처음부터 카투사에서 군 복무를 시작하여 만기 제대 하는 현재의 방식으로 정착되었다고 한다.

한국군 신병교육대에서 기초 군사훈련(Basic Training) 과정을 수료한 후 후반기 교육의 성격을 띤 카투사 교육대에서 일정 기간(3주) 교육 수료 후 전국 미 8군 예하 부대에서 근무하게 된다.

전투부대인 2보병사단은 전투사단으로 제일 정예화한 부대로 한미연합훈련에 주도적으로 참여하고 이를 실시하는 부대이다. 후방에 위치한 지원 여단 사령부는 전국에 있는 부대에 전략물자를 보급하고 지원한다.

현재는 전국에 흩어져 산재해 있던 역량을 한곳으로 집결해서 운용하고 있다. 카투사 병사들은 소속 부대에서 교육이나 훈련을 미군들과 공동으로 참여하여 근무하고 있지만, 인사에 관한 규정, 예를 들자면 급여 지급에 관한 사항이나 병사들의 진급이나 휴가 관련 사항은 한국 육군의 복무규정에 따르게 되어 있다. 물론 미 8군 600-2 규정이 있어서 카투사 복무에 관한 사항을 명시해 두었으나 급여, 진급, 휴가에 관한 사항은 전적으로 육군의 복무규정을 준수하도록 되어 있다.

카투사 병으로 근무 당시, 나의 보직은 중대본부의 서무계 (KATUSA Clerk)였다. 중대원들의 급여 지급, 진급 및 휴가 상신 등의 업무가 주된 일이었다. 진급이나 휴가 상신은 상급 부대 격인 한국군 연락 장교단 지역 파견대장실에 서류를 접수 하고, 결재 후 일괄적으로 실시하는 것이 관례였다. 당시 한국 군 연락 장교 단장의 계급은 육군 대령이었으며 지역 파견대장 은 육군 소령이었다. 가끔 급여도 미군들과 똑같이 받는 줄 아 는 사람들도 있는데 그것은 오해이다. 카투사는 한국군의 복무 규정을 따르기 때문에 육군과 똑같은 급여를 받는다.

앞에서 말한 바와 같이, 나는 카투사 병으로 근무 중 사고를 당하여 후송 병원으로 이송되어 허리 디스크 수술을 한 사실이 있다. 병원에서 정밀진단과 수술 후 회복되는 기간이 약 10일 정도 소요되었다. 옆 사람의 부축을 받아야만 겨우 걸을 수 있 었고, 서있기도 힘든 상태였다. 그러나 난 퇴원 후 자대에 복귀 하였다. 병원은 서울 용산에 있었고 내가 근무했던 부대는 평 택에 있었다. 수술 한 사람이 이동하기에 그리 가까운 거리가 아니었다. 그럼에도 불구하고 지켜야할 규정이 있었기에 부대 에 복귀하여 정상적인 절차에 따라 휴가 상신 후 결재를 받고 나서 휴가를 갈 수 있었다.

최근 매스컴에서 한 정치인의 아들이 카투사에서 군복무를 하던 중 휴가를 나갔다가 전화로 휴가를 연장했다는 보도가 나와 온 나라가 떠들썩했었다. 그것도 본인이 아닌 부모의 비서 업무를 맡은 사람, 즉 제3자를 통해서 말이다. 특권층 자녀라는 점을 이용하여, 집에 있으면서 소속 부대에 복귀하지 않고 전화로 휴가를 연장했다는 내용이 사실이라면, 도대체 그러한 규정이 어디에 있는지 물어보고 싶다. 법을 위반했냐 아니냐를 떠나서, 군 복무규정을 보아서도 그렇지만, 군대를 다녀온 사람들은 이것이 어떤 경우인지 다 알 것이다. 상식적으로 말이 되지 않는 경우라고 생각한다. 적법이냐, 위법이냐의 문제가 아니다. 이것은 윤리와 도덕의 문제이며 정치적 문제, 권력남용의 문제가 뒤섞여 있다는 의미이다.

　논란의 핵심은 휴가 연장 과정에 외압과 청탁이 있었는지의 여부이다. 당사자나 그의 부모가 떳떳하다면 이 부분에 있어 생긴 의혹만 밝히면 문제가 해결될 것을 가지고 왜 그렇게 긴 말들이 오가며 야단들인지 정말 모를 일이다. 공직자가 국민 앞에서 거짓말을 했다. 지금 이 땅의 젊은이들은 기회가 평등한지, 과정은 공정한지, 결과는 정의로운지 국가에 묻고 있다. 국민들은 특정한 누군가에게 주어진 특혜와 불공정에 분노하고 있는 것이다.

법을 지키고 올바르게 적용해야 할 위치에 있는 사람들이 공정하지 못한 짓을 하고서도 조금도 부끄러워하지 않는 몰염치한 모습을 보며 국민들은 과연 그들에게 무엇을 기대할 수 있겠는가?

한미 동맹의 밑바닥에는 민간 외교관으로서의 역할을 충실히 해온 카투사들의 활동이 크게 도움이 되었을 것이다.

지극히 일부의 카투사 병사의 잘못된 일탈 행위로 인하여 카투사 전체가 욕을 먹는 일은 없었으면 하는 바람이다. 오늘도 카투사 병사들은 한국을 대표하는 민간 외교관으로서의 역할과 대한민국 육군의 일원으로서 자부심을 가지고 주어진 임무 완수에 최선의 노력을 다하고 있다는 사실을 국민들이 알아주었으면 좋겠다.

카투사에 대한
평가

6.25 한국 전쟁에 참전하여 미군과 함께 전사한 카투사 병사들에 대한 영혼을 위로하고자 워싱턴 D.C에서는 그들의 이름을 호명하여 위로하는 Roll Call(롤콜) 행사가 진행되고 있다. 한국의 카투사 출신 모임인 사단법인 대한민국 카투사 연합회에서도 함께 참여하여 행사를 진행하고 있다.

1970~1980년대까지만 해도 카투사는 영어능력이 부족하다는 이유로 수많은 차별 대우를 받으면서 군 생활을 했던 것이 사실이다. 그러나 시간이 흐를수록 카투사는 업무 능력 면에서 인정을 받기 시작했다.

전투사단인 2사단에서 1973년도에 대대장으로 근무했던 전 미 국무부 장관 클린 파월은 카투사는 훌륭한 군인이었다고 평가했다. 잘 훈련되어 있었고 성실한 군인이었으며, 카투사를 통해 미국 군인들이 한국의 문화를 잘 이해할 수 있게 되었다고 했다. 미군 지휘관이 카투사 병사에게 지시한 일을 훌륭히 해내었다고도 했다. 체력단련이나 사격 훈련도 잘되어 있고 검열도 잘 해낸다고 말했다. 카투사 병사는 미군들이 하는 수준으로 군 복무를 해내고 있으며 카투사는 그들과 같은 한 팀이라는 것을 강조했다.

특히 한미 연합 전력의 주력부대인 미 2사단의 전 사단장은 "카투사는 미 2사단의 임무수행에 있어 중요한 역할을 한다. 카투사 장병들의 노력과 뛰어난 기량 없이는 미 2사단이 임무를 수행하거나 운용을 제대로 할 수 없다. 다른 국적의 장병들이 상호 부대에서 현역으로 복무하는 동맹 체제를 갖춘 곳은 세계 어디에도 없다. 카투사는 미군과의 부대 활동 외에도 한국의 문화 및 한국인과 미군을 이어주는 징검다리 역할을 하고 있다. 카투사가 없는 미 2사단은 상상조차 할 수 없다." 5)

존 D. 존슨(John D. Johnson) 전 미 8군 사령관은 "한국에서 연합작전을 위해서 카투사는 반드시 필요하다. 카투사는 대부분 유창한 영어실력을 구비하고 있다. 따라서 연합작전 지원에 많은 기여를 하고 있으며 그들의 복무자세 또한 임무 달성에 많은 기여를 하고 있다."라고 카투사를 평가했다.

카투사와 함께 생활한 미군의 지휘관들은 한결같이 카투사를 한국을 대표하는 외교관이자 한미 연합 전력의 핵심이라 평가하고 있다. 이를 통해 알 수 있듯이 카투사에 대한 외부의 평가는 아주 긍정적이다. 한국인 특유의 성실함과 민첩한 행동, 그리고 임무 수행 능력이 탁월하다는 평가가 주를 이룬다. 얼마나 자랑스러운 일인가? 국가 안보를 위해 확고한 한미 동맹이 필요한 지금 카투사는 대한민국 육군의 일원으로서 긍지와 자부심을 가지고 각자의 소임 완수에 최선의 노력을 다하고 있다.

북핵이라는 위협을 머리에 이고 있는 우리 입장에서는 미군과의 공존이 불가피하다. 주한 미군에 대한 맹목적인 거부감을 가진 일부 시민단체의 편협한 인식에 대하여 염려스러우며 솔직히 유감스럽기까지 하다. 그들이 과연 과거 역사와 현재의 세계 정세에 대해 제대로 파악하고 이해하고 있는지 의문스럽다.

6.25 한국 전쟁 당시 낙동강 전투에서 미군과 함께 북한군에 맞서 치열하게 싸우다 희생한 어린 카투사 병사들의 존재에 대해 알고 있는가? 인천 상륙작전에서의 카투사 병사들의 미처 꽃피우지 못한 고귀한 희생을 잊지 않고 있는가? 그들의 죽음이 있었기에 오늘날 우리가 자유와 평화로운 삶을 누리고 있다는 사실을 우리는 서서히 잊고 있는 것은 아닌가? 그들이 이 땅을 위해 버려야 했던 그 생명 위에 이 나라가 건실히 성장해

왔다는 사실을 우리 모두가 잊지 않았으면 좋겠다.

　다시 한번 이 나라를 위해 희생하신 카투사 병사들에게 고개 숙여 감사드린다. 짧은 인생을 영원한 조국에 바친 아름다운 당신들이 있었기에 지금의 대한민국이 존재하고 있다고 외치고 싶다.

병역의
의무에 대한 생각

　공직자 임명을 위한 청문회 현장에서 제일 많이 거론되고 오랜 시간 쟁점이 되는 것이 후보자 본인의 병역 문제이거나 자식의 병역 문제이다. 병역 문제는 국민의 기본적인 의무를 수행하는 부분이므로 공직자의 도덕성 문제와 직결된다고 할 수 있다. 그럼에도 불구하고 아직도 자식을 군대에 보내지 않으려고 의도적으로 이중국적을 취득하게 한다거나 외국 유학이라는 명목으로 국방의 의무를 회피하는 공직자가 많은 것을 보게 된다. 같은 나라의 국민으로서 이래도 되는가 하는 의구심을 갖게 되는 것이 비단 나 혼자만의 생각은 아닐 것이다.

　더욱더 한심한 것은 이런 문제가 있는 사람들을 지적하고 걸러내어 공직생활을 할 수 없게 해야 하는 정치인들마저 세상이 그런 걸 어떡하겠냐 하는 식으로 말하는 것이다. 도덕 불감증에 빠진 사람들이 의외로 많다. 정부 고위 공직자들이 이와 같은 생각을 하고 있다면 누가 그들의 정책 결정을 믿고 따르겠는가? 그 사람의 인격을 어떻게 신뢰할 수 있겠는가? 여러 가지 부분에 있어 참으로 걱정스럽다. 공직자에게는 보다 높은 도덕성과 정직성, 철저한 국가관이 선행되어야 한다.

그런 면에서 병역의 의무는 누구도 소홀히 해서는 안 된다. 특히 고위공직자를 임명할 때에는 후보자 자신이나 자녀가 반드시 병역의무를 필한 사람으로 규정하는 법을 도입할 필요가 있을 듯하다. 그렇게 된다면 세상은 좀 더 공평해지지 않을까? 개인적으로 군대는 새로운 인생 경험을 할 수 있고, 진정한 남자로 거듭나게 하는 긍정적인 면이 있다는 점에서 인생 대학이라고 말하고 싶다. 한 번 정도 도전하고 해볼 만한 일이지 절대로 회피해야 할 곳이 아니다.

피할 수 없으면 즐기라는 격언도 있듯이 이왕 내가 맞닥뜨려야 할 일이라면 그 일의 긍정적인 면과 효과를 생각하며 뛰어들어 보는 것은 어떨까? 좀 더 잘 이겨낼 힘이 생길 것이다. 무슨 일이든지 적극적인 마음가짐으로 하다 보면 어느새 좋은 결과들이 눈앞에 보이는 경우들을 많이 경험한다. 이런 마음으로 군 생활에 임하는 것이 내 개인과 국가에 큰 힘이 되리라고 믿는다. 이 땅의 많은 젊은이들이 건강한 육체와 함께 건강한 정신을 겸비하고, 국민으로서의 의무를 다하여 준다면 이 나라도 함께 건강해질 것이다. 지금도 현역에서 국방의 의무를 수행하며 최선을 다해 나라를 지키는 국군장병들에게 감사의 말을 전하고 싶다. 그들이 바친 청춘이 밑거름이 되어 이 나라가 더욱 강력한 군사력을 보유한 선진국으로 발돋움하길 마음 다해 바라본다.

2021 카투사 어워즈 세러모니 및 만찬

제67주년 카투사 창설 기념식

2018년 (사)대한민국카투사연합회 신입회원 환영회

제 5 장

치유의 숲길

벼랑 끝으로
내몰린 사람들

 매일 아침 평상시의 생활과 다름없이 정장 차림으로 집을 나서지만, 정작 갈 곳이 없는 수많은 실업자들은 일터 대신 산으로 향했다. 등산로 입구의 적당한 곳에서 등산복으로 갈아입고 산에 올랐다. 이 사실을 자신의 가족에게조차 숨기고 있는 사람이 점차 늘어갔다. 그들 속에는 나도 포함 되어있었다.

 이것은 IMF 시기에 흔히 볼 수 있는 모습이었다. 특별하게 잘못한 것도 없는데, 직장에서 내몰린 수많은 사람들에게는 참으로 억울하고 가혹한 현실이었다. 회사에 가는 것처럼 양복, 혹은 작업복을 입고 집을 나왔으나 갈 곳이 없는 실업자들이 공원 벤치에서 점심 식사도 그른 채, 온종일 시간을 보내거나, 어떤 이는 산행을 가기도 했고, 공용화장실 등에서 작업복으로 갈아입고 일용직 현장으로 나가기도 하였다. 아예 집을 나와 길거리, 혹은 기차역, 지하철역 주변에서 양복 차림으로 몇 날 며칠을 굶으며 꼼짝 않고 있는 사람들이 허다했다. 길거리에 누워있었던 그들의 모습 속에는 슬픔과 원망이 가득했고, 세상에게 처절하게 뒤통수를 맞은 망연자실함과 분노가 보이는 듯했다. 그것은 절망 그 자체였다.

그들과 연결되어 있는 가족들은 또 어떠했겠는가? 매일 아침에 눈을 뜨면, 뉴스에서는 회사들이 줄줄이 도산하는 소식들이 흘러넘쳤고, 그 과정에 한순간에 빚더미에 올라앉은 중소기업, 혹은 대기업 경영자들이 극단적인 선택을 하거나 충격으로 쓰러졌다는 소식을 심심찮게 접할 수 있었다. 그들의 가족들, 아내와 아이들이 집을 잃고 길거리에 나앉거나 하루아침에 신용불량자가 되어야 했다. 결혼 날짜를 잡은 사람들이 결혼식을 올리지 못하고, 학교에 입학해야 할 대학생들이 입학금을 내지 못하여 학교에 다니지 못하게 되었다. 일찌감치 인생의 쓴맛을 보게 된 어린 학생들이 여기저기서 아르바이트를 하며 얼마 되지 않는 시급으로 하루하루를 버텨야 했던 시절이었다. 이 과정에서 정신적인 충격으로 병을 얻거나 영원히 일어나지 못하는 아버지와 어머니들이 많았다.

무언가 기대하고 꿈을 가지고 달려가던 사람들이 삶의 터전을 잃었다는 것은 꿈꾸던 미래마저도 잃어버렸다는 것을 의미

했다. 그러다 절망을 이기지 못하고 굶어서 죽기도 하고, 스스로 잘못된 선택을 하여 생을 마감하는 가장들과 직장인들, 심지어 온 가족의 동반 자살 소식이 들려왔다. 보험금을 타기 위해 고의로 자신의 몸을 상하게 하는 사고 소식이 들려오기도 했다. 그마저도 자신보다는 가족들을 위한 것이었으리라. 사무직, 고학력 근로자들이 평소에 해보지 않았던 일을 하기 위해 일용직 현장으로 가서 노동을 할 수 있다면 그나마 다행이었던 시절이었다.

당시에 실직자 수가 130만 명에 달했고, 전 국민의 1/4이 넘는 사람들이 고통을 당했다고 하니 일부 사람들만 겪은 일이 아니라 대한민국의 거의 모든 국민들이 경제적, 정신적, 그리고 육체적인 고통을 당했다고 볼 수 있다. 2001년이 되어서는 우리나라가 어느 정도 회복을 하기 시작했지만 온 나라를 훑고 지나간 IMF라는 쓰나미는 대부분의 중산층 가정과 사회단체, 기업들에게 말할 수 없는 큰 생채기를 남겼다.

그 결과로 우리는 지금까지 정규직 일자리를 구하기 어려운 시대에 살고 있고, 비정규직 일자리가 늘어나 고용불안이 가중되었다. 그로 인해 정규직과 비정규직, 경영자와 근로자가 서로 공격하며 사회가 분열되는 현상을 목격하고 있다. 그뿐이 아니다. 우리나라의 상당히 건실한 기업들이 아주 헐값에 외국인들의 손에 넘어가는 일들이 일어났다. 이 말은 우리가 피땀 흘려 일군 우리의 기업들을 한순간에 외국인에게 빼앗겼다는 의미였다.

정말 가슴 아픈 우리의 90년대 말의 모습이다. IMF는 우리 사회를 도미노처럼 쓰러뜨렸다. 소중한 우리의 가정의 행복을 한순간에 삼켜버린 괴물이었다. 이것은 도대체 누구의 잘못인가? 나는, 그리고 우리는 왜 이런 아픔을 겪었어야 했는가? 이 모든 것이 나와 내 친구들의 이야기였으며 나의 이웃들이 겪어야 했던 일이었다. 성실하게만 살면 되던 시절이었다. 그것을 최고의 덕목으로 알고 열심히 살았을 뿐이었는데 무고한 국민들에게 돌아온 것은 빚쟁이들을 피해 숨어 살아야 하는 서러움과 가족과 일터와 집을 잃은 황망함뿐이었다. 뭔가 큰 것을 바란 인생도 아니었는데 왜 우리는 그런 어처구니없는 사건을 겪었어야 했던가?

IMF로 인해 우리는 스스로 많은 생각을 하게 되었다. 나의 인생과 이 사회와 이 나라에 대해, 우리가 살아왔던 삶을 대하던 태도들에 대해서 말이다. 그 이후로 사회는 출산율이 현저히 떨어지게 되었다. 돈을 벌기도 어려운데 비싼 사교육비와 학비를 써가며 아이 한 명을 대학 공부까지 시키려면 부모들의 부담은 커지기 마련이다. 현재 살아가는 사람들이 몸소 겪은 현실이기에 아이를 낳는 것을 더욱 꺼리게 되는 모양이다. 이로 인해 일할 수 있는 인구가 줄어들게 되고, 노령화의 증가로 사회 복지에는 더 많은 비용이 들어가게 되었다.

비정규직의 증가는 일하는 사람들의 안전을 보장하지 않았고 결과물의 질적인 부분들을 책임지지 않는 무책임한 상황을 만들어내었다. '평생직장'이라는 말은 이제 옛말이 되었다. 대부분 45세가 되면 직장에 남아 있는 것이 눈치가 보이는 상황이 되었다. 명예퇴직이라는 말이 생겨났다. 아이들이 커가고 대학을 보내고 결혼을 시켜야 하는, 한창 돈이 많이 들어가야 하는 나이에 몇 십 년 몸담았던 직장을 떠나 다시 새로운 직장을 구해야 한다는 것이 가장들에게는 얼마나 큰 부담이 될까? 이 나이가 되면 정규직은 당연히 생각할 수 없다. 비정규직으로라도 일해야만 조금이라도 노후를 대비할 수 있다.

아이들의 눈에도 꿈을 좇아가는 것이 허망하게 보였을까? 일찍 현실에 눈뜬 아이들은 꿈을 잃고 공무원과 교사가 장래 희망 1위가 되는 시대가 되었다. 안정적인 미래를 원하는 아이들과 청년들이 많아졌다는 것이 참 안타깝다. 가정 내에서 경제적인 갈등이 커져서 이혼하는 가정이 늘어났다. IMF 사태가 단란하던 가정을 해체시키는 결과까지 몰고 온 것이다. 그로 인해 상처받았을 어른들과 아이들, 그들의 심리적인 아픔을 치료하기 위해 비용을 환산하면 얼마가 나올까? 많은 돈을 들이면 상처받은 마음이 치료가 가능하긴 한 걸까? 쓸쓸한 현실이다.

한국숲해설가협회

무엇을 어떻게 해야 할지를 심각하게 고민하며 방황의 시간을 보내고 있었다. 내가 할 수 있는 것은, 절대 이대로는 주저앉을 수는 없다는 생각으로 하루하루를 버티는 것뿐이었다. 그러던 중 우연한 기회에 실업극복 차원에서 국가에서 지원하는 재교육 프로그램이 인근 대학교 사회교육원에서 개설된다는 소식을 접하고, 뭐라도 해야겠다는 막연한 생각으로 등록하게 되었다. 그때는 IMF로 많은 실업자들이 생긴 시점이었기에 국가에서는 이들을 위해 적극적인 지원을 하려고 한 것으로 보인다.

'자연환경 안내자'라는 생소한 단어의 강좌였다. 산림청에서 지원하는 과정이었고 그 당시 나는 지원금을 받고 수업을 들었다. 국비로 교육을 받는 경우가 있지만 소정의 자기 부담금을 내거나 무료로 교육을 받는다는 이야기는 들어보았어도 돈을 받고 교육을 받는다는 소리는 들어본 적이 없었기에 내 입장에서는 손해 볼 것이 없었다.

어린 시절 자연을 벗 삼아 살았던 경험이 있어서인지 자연을 좋아하고, 자연 속에 있으면 편안함을 느꼈던 나였기에 처음 들어보는 단어였으나 한편으로는 친근한 마음이 들기도 했다. 시골에서 어린 시절과 중학교를 다녔고, 교육학을 전공한 나의 감성에 잘 어울릴 수 있겠다는 생각이 들었다. 나름대로 기대감과 벅찬 꿈을 간직한 채 교육과정에 등록을 하고 참여하게 되었다. 어쩌면 이것에 나에게 좋은 기회가 될 수도 있을 것이라는 막연한 기대감과 약간의 호기심을 가지고 교육에 참여하였다.

그런데 기대와는 달리 강의 초기에는 실망감과 우려의 마음이 더 크게 다가왔다. 전혀 새롭고 생소한 부분의 일을 만들고 새로 개척해야만 가능한 분야였다. 실망스럽긴 했으나 강의에 참여한 교수는 현실을 사실대로 우리에게 정확하게 말해주었다.

내가 지나온 길이었기에 이곳에 그때 당시의 상황을 설명하는 것이 좋을 것 같다는 생각이 들어 그 당시 강의를 맡았던 담당 교수의 기록을 이곳에 밝히고자 한다.

국민대학교 사회교육원에서는 언론에서도 희귀한 직종이라고 일컫는 자연환경안내자 양성 교육을 지난 5월부터 시작했다. 노동부는 여러 대학과 기관에서 신청한 다양한 실업자 재취업 교육훈련 과정 중에 자연환경안내자 양성 교육 프로그램도 승인했다.

교육훈련을 신청하면서도 걱정이 적지 않았다. IMF 경제 위기로 산림행정과 임업연구 분야도 구조조정을 하는 마당에 교육을 마친 이들을 수용할 수 있는 현실적 여건이 밝지 않았기 때문이었다. 그래서 강의 첫 시간에는 강의보다는 막연한 기대나 장밋빛 미래에 대한 허상을 갖지 않게 하기 위해서 우리의 임업(산림) 현실과 산림안내인을 채용하기 위한 법적, 제도적인 어떤 장치도 우리나라에는 없음을 강조했다. 오히려 교육생들이 앞으로 이러한 분야를 개척해 나가야 한다는 사실을 있는 그대로 역설했다. 그러나 이러한 걱정은 쓸데없는 기우였다. 모두 37명을 대상으로 시작한 이 교육과정에 재취업한 소수의 몇 사람을 제외하고는 거의 모든 교육생들이 하루도 빠짐없이 열심히 교육훈련에 참여하였기 때문이다.

(출처: 전영우, 《숲과 녹색문화》, 수문출판사, 2002)

그 당시 교육과정을 맡은 교수 또한 확신을 갖지 못할 정도의 분야였다는 것이 그의 글에 잘 나타나 있다. 첫 시간을 마치고 나를 포함한 강의에 참석한 교육생들의 얼굴에는 실망하는 빛이 역력하였다. 그러나 이왕 이곳에 들어왔으니 끝까지 들어보기나 해야겠다는 생각들이 있어서인지 거의 모든 교육생들이 하루도 빠짐없이 강의에 출석하며 어디서 나온 지 모를 성실함과 열정을 보여주었다.

개설한 교과목 중에는 전혀 생소한 분야가 많았다. 산림과 문화 과목에서 처음으로 '숲문화'라는 용어를 접하게 되었고 '생태맹 극복'이라는 새로운 용어도 알게 되었다. 또한 강의실에서 이루어지는 딱딱한 이론 교육을 떠나서 현장에서 진행되는 실습 과목은 힘들긴 했으나 보람 있는 시간들이었다.

특히, 양주군 기산호에서 있었던 숲가꾸기 체험은 전혀 새롭고 신선한 경험이었다. 온몸이 땀에 범벅이 되고, 가시덩굴에 찔리고 스쳐도 내가 자른 가지 하나, 내가 제거한 덩굴 한 줌이 어린나무가 크게 자라는 데 도움을 줄 수 있다는 것에 기쁨과 희열을 느꼈다. 난지도 쓰레기 매립장을 방문하여 침출수 방출 현장을 목격하고 수질 오염의 심각성과 수자원 보호에 대한 경각심을 갖게 된 점 등은 또 다른 중요한 경험이었다.

하루 4시간의 교육일정을 마치고 학교 구내식당에서 점심을 먹은 후, 학교 뒷산 개울가에 모여 앉아서 발을 개울물에다 담그고 여러 가지 이야기를 나누던 일도 보람된 시간이었다. 교육을 수료한 후 무엇을 할 수 있을 것인가? 또한 우리가 어떤 일을 해야 하는가 등등의 여러 가지 고민과 생각들을 이야기하고 토로하는 그러한 장소가 뒷산 개울가였다. 공통적으로 나온 이야기는 이것을 그냥 교육으로만 끝내지 말고 수익을 창출할 수 있는 생산적인 일자리로 연결시켜보자는 것으로 의견이 모아지게 되었다.

  3개월(12주) 동안 주 5일, 하루 4시간씩 240시간의 교육을 수료하고서 수료증을 받았다. 국민대 사회교육원에서 발행하는 자연환경 안내자 수료증이 나왔다. 여러 가지로 힘든 때였지만 무언가 한 가지를 끝까지 해내었다는 성취감에 마음이 뿌듯했다. 무엇을 어떻게 해야 하는지는 구체적으로 정할 수 없었으나 모임이나 단체를 결성해서 무엇인가를 할 수 있는 일을 찾아보자고 하던 차에 담당 교수의 협의체 결성에 대한 제안과 조언은 우리에게는 한 가닥 빛과 같았다. 교육 기간 중에 틈틈이 있었던 논의를 바탕으로 임의 단체인 자연환경안내자협회를 교육수료일 다음 날에 결성하게 되었다. 1998년 10월에 그동안 소망했던 협회 사무실 개소식이 있었다. 우리는 그때까지만 해도 이 모임이 어떻게 성장하게 될지 알지 못했다.

이후 양재역(서울 서초구 소재) 부근의 작은 학원 귀퉁이에 자투리 공간을 얻어 '자연환경안내자협회'를 설립하였다. 사무실에 놓여 있는 집기는 책상 하나, 의자 2개, 전화기 1대, 복사기 1대, 컴퓨터 1대, 책 몇 권이 전부였다. 사무실 개소식과 함께 월례회 겸 총회도 진행하였다. 임원들이 정해지고, 회칙을 마련하여 자연환경안내자협회가 대한민국 최초로 출범하게 되었다! 보잘것없는 이 작은 공간에서 바로 '숲해설가'라는 새로운 직업이 태동한 것이다! 자연환경안내자협회라는 이 모임은 이후에 산림청 산하의 '사단법인 숲해설가협회'로 발돋움하게 되었다. 우리나라 최초로 '숲해설가'라는 명칭을 사용한 단체이다. 이 산과 저 산, 이 숲과 저 숲에서 숲과 자연에 대해 알려주는 숲해설가를 배출하는 기관으로 성장하게 되었다.

　　주머니는 텅텅 비어있어도 자연과 숲에 대한 순수한 열정과 넘치는 애정으로 시작한 일이었기에 새로운 일에 대해 대단한 자부심과 긍지를 갖고 있었다. 나에게 자연환경안내자협회의 탄생은 그래서 더욱 새롭고 위대하고 특별한 것이었다. 자연휴양림과 도심 속 공원, 각 지역의 수목원 등에서 숲해설을 맡아 활동하고, 숲해설가협회에서 일하게 되면서 나는 내 인생의 또 다른 전환점을 맞이하게 되었다. [6]

운악산 휴양림, 해설 마치고

숲해설은 왜
스페셜인가

그러던 중 담당 교수로부터 문필봉 안내에 대한 요청 전화를 받았다. 60여 명의 참가 인원에 대한 안내 요청 전화였다. 안내자 4~6명이 현장을 사전답사한 후 명단을 통보하고 안내를 해달라는 요청이었다. 교육을 수료한 후 처음으로 일이 들어온 것이다! 정말 신기했다. 자연환경안내 요청을 받고 한편으로는 잘 할 수 있을까 하는 다소의 두려움은 있었으나 설렘과 희망이 더 컸다. 이 일을 계기로 자연환경안내자의 숲해설이 시작되었다.

초기에는 주말에만 숲해설이 진행되었다. 숲해설을 요청한 방문자관람객들은 거의 아침 일찍 오는 팀들이 많아서 나는 토요일 새벽에 집에서 출발하였다. 비록 적은 팀이었지만 최선을 다해 안내를 했다. 그리고 토요일과 일요일을 휴양림에서 보내고 월요일 아침에 귀가했다. 숙소는 휴양림 측에서 제공해 주었다. 주로 새벽에 다니니 심한 교통체증을 피해서 다닐 수 있어서 좋았다. 일 년 내내 숲에서 해설 활동이 진행되지 않고 5월부터 11월까지 주말에만 집중적으로 활동이 이루어졌다.

숲해설이 일반인들에게 잘 알려지기 전이라 활성화되기 전까지는 숲해설 활동 자체를 알리는데 최선을 다했다. 숲해설가 위촉장을 받은 후 첫날에는 산림청에서 지급한 명찰이 달린 조끼와 모자를 쓰고서 숲해설 시작 지점에서 대기하고 있었으나 숲해설을 요청하는 탐방객이 한 사람도 없었다. 사실 그때만해도 숲해설이라는 용어 자체도 생소했을 뿐 아니라 숲해설에 대한 인식도 부족하고 숲해설을 원하는 요청자도 거의 없었다. 그런 마당에 숲해설가의 존재 자체가 의미가 있을 리 없었다. 시행 초기에는 하루에 두 명의 숲해설가가 자체 탐방을 하거나 한 가족이나 3~4명을 대상으로 숲해설을 하고서 하루 일과를 마치는 경우가 많았다. 해설을 요청하는 몇몇 탐방객들도 별다른 기대를 하지 않는 것처럼 보였다. 큰 호응도 없이 그저 참석에 의미를 두는 듯했다.

이렇게 숲해설을 몇 번 진행하다 보니 이래서는 안 되겠다는 생각이 들었다. 우선 숲해설 제도가 있다는 것부터 알려야겠다는 생각이 들어 매표소 입구에서 매표소 근무자들에게 숲해설 제도를 안내하고 안내 전단지를 만들어서 돌렸다. A4 용지에, 숲해설 안내 전단지를 복사하여 숲해설 시작 30분 전에 전날 휴양림 숙소에서 단독 산막을 예약한 방문객들을 찾아가 홍보 전단지를 한 장씩 나눠주었다. 그리고 숲해설에 꼭 참여해보시라고 권유도 잊지 않았다. 숲해설을 모르는 분들은 "뭐라고요? 스페셜이라고요?"하며 반문하는 사람들도 있었다. 얼마나 숲 해설에 대한 인식이 없었는지 알 수 있다. 나는 그 말을 듣고 의기소침해지는 대신 '그렇다! 숲해설은 스페셜하다!'하는 기발한 생각을 하며 더 용기를 얻었다.

홍보를 시작한 지 한 달 가까이 이렇다 할 반응이 없었다. 그런데 한 달이 지나고 약 2개월째 접어들었을 때부터 분위기가 갑자기 달라지기 시작하였다. 관리사무소로, 몇 시에 숲해설을 하는지 묻는 전화가 오기 시작했다. 산음휴양림에서는 내방객들을 대상으로 숲해설 제도에 대한 홍보활동을 1999년부터 2000년 5월 초까지 계속하였다. 휴양림 산림체험코스를 당연히 거치는 필수 코스로 알고 있는 내방객들이 점점 더 늘어났다. 주말 및 휴일에는 오전 10시, 오후 2시에 걸쳐 2회 운영하며 숲해설가 한 사람이 감당하기 힘든 많은 인원이 참가하게 되었다. 또한, 휴양림을 찾는 내방객들 중에는 평일에 숲해설 제도를 운영하지 않는 것에 대해 불평을 하는 이들까지 생길 정도였다.

숲해설에 만족스러웠던 탐방객들은 자신이 체험한 색다른 경험을 주위의 다른 사람들에게 알렸고 이것이 입소문을 타고 자연스럽게 숲해설에 대한 홍보활동이 되기 시작했다. 점차 숲해설에 대한 수요가 늘어났다. [7]

산음휴양림의 숲해설가들은 해설가이기 이전에 홍보부장의 역할을 열심히 해내었다. 각자 조끼 주머니에는 전지가위, 체험학습을 위한 송곳류, 그리고 휴대용 식물도감을 챙겨 현장을 답사하고, 항상 토론하는 자세로 일하였다. 숲해설 요청자를 앉아서 기다리기보다 찾아 나서고 홍보하는 적극적인 자세를 가졌을 때 숲해설가의 존재 가치가 더욱 커지는 경험을 하였다. 그 덕분에 휴양림에서의 숲해설 제도는 잘 정착되어 오늘에 이를 수 있었다.

숲해설이 일반인들에게 낯설지 않게 된 것은 여러 가지 요인이 있다고 본다. 우선은 예전과 같은 관광이나 등산 같은 단순한 여가활동이 아닌, 질 높은 휴양문화를 추구하는 추세가 생겼기 때문이다. 또 경제 발전의 부작용에 따른 환경에 대한 위기감도 한몫한 것 같다. 예전에는 없었던 미세먼지와 황사가 해마다 봄철만 되면 국민을 힘들게 한 지가 20년이 되어 가는 듯하다. 이런 상황 속에서 지구환경에 대한 위기의식도 함께 높아졌다. 시간이 허락하면 걸레를 챙겨 들고 태안반도의 기름 묻은 돌멩이들을 닦으러 가던 국민이지 않은가? 산과 숲을 찾는 방문객들의 자연환경의 중요성에 대한 인식과 그것을 잘 보존하고 지키고자 하는 의지가 강해졌다고 봐야 하겠다. 한마디로 국민의 환경보호에 대한 전반적인 의식 수준이 높아졌다.

심성 교육의 대안으로 환경교육에서 현장 체험 교육의 중요성 인식 등이 고조된 것도 간과할 수 없는 요인일 것이다. 찌뿌드드한 몸도 숲에 오면 정신이 맑아지고 두통도 사라지면서 변화를 느끼게 되는데 이것은 심리적으로 그만큼 편안해졌기 때문이다. 아이나, 어른이나, 학생들이나 요즘 현대인들에게는 스트레스가 많다. 상황이 허락된다면 정기적으로 이런 좋은 숲에 와서 깨끗한 공기를 마시고 숲해설을 통해 좋은 이야기들을 듣고 나면 마음도 맑아지는 경험을 스스로 하게 되는 것 같다. 함께 연계된 체험들도 눈으로 직접 보고, 손으로 만지며, 새소리, 나뭇잎 부딪히는 소리 등을 직접 귀로 듣게 되니 더없이 좋은 힐링의 경험이 될 수 있는 것이다.

산음 휴양림, 해설 마치고

나를 찾아가는
힐링 여행

　주 5일 근무 체제로 전환되면서 초기의 활동을 기반으로 하여 전국의 자연휴양림에서는 숲해설가들의 수요가 급격하게 증가하게 되었다. 자격증 제도의 시행 등으로 숲해설가 양성기관도 눈에 띄게 증가하면서 폭발적인 활동이 전국적으로 진행되었다. 숲해설가 협회의 교육생 선발에서도 심한 경쟁을 치러야 했으며, 교육에서 탈락한 지망생 중 어떤 사람은 산림청에 민원을 제기할 정도로 숲해설가 양성과정은 인기가 있었다.

　그러나 주5일 근무형태로 전환이 되면서 휴양림에서 근무할 숲해설가들은 출퇴근이 어렵다는 문제점이 생겼다. 휴양림은 대부분 도회지와 멀리 떨어진 곳에 위치하고 있었기 때문이다. 현실적으로 출퇴근은 불가능한 실정이었다. 출퇴근이 가능한 곳에다 거처를 마련하든가 아니면 휴양림 주변의 농가 주택을 임대하는 방법이 최선이라고 생각했다.

결국 나는 휴양림에서 가까운 곳에 있는 농가주택 한 채를 임대하여 생활하기 시작했다. 어린 시절 시골에서 자란 탓인지 변두리에서의 생활이 크게 불편하지 않았다. 오히려 그런 불편함을 그리워하기라도 한 듯이 불편함을 즐겼다. 휴양림 휴무일에는 서울 집에 가서 필요한 것을 조달해 와서 살아가는, 소위이중생활이라는 것을 하게 되었다.

생활하는 집 주변에 작은 텃밭이 있어 봄에는 상추와 방울토마토, 고추와 감자 등을 심어서 식자재로 조달했고, 가을에는 배추와 무를 심어서 식자재로 활용했다. 자급자족하는 생활이된 것이다. 직접 밭이랑을 일구고 거름을 주고 모종을 심어 수확하는 과정들이 나에게는 최상의 활동이었다. 육체적으로나정서적으로 순화되는 느낌을 받았다. 자연으로 돌아간 인간에게 주어진 선물이었다고 할까? 농사를 지어 생계를 꾸려가야하는 것이 아니라면 이 일들은 정말 인간에게 최고의 즐거움을주는 일 중의 하나라고 생각한다.

낮에는 휴양림에서 해설 활동으로, 이외의 시간에는 나름대로 즐겁고 유익한 생활을 하였다. 시간적인 여유가 있는 날은가까운 초등학교 동창생들을 모이게 해서 집 마당에서 고기를 구워 먹기도 하고, 집 뒤쪽에 있는 커다란 말벌집을 채취하여 노봉방주(말벌집주)를 담가두었다가 친구들과 한 잔씩 마시는 재미도 아주 쏠쏠하였다.

　숲해설이 많이 알려지게 되면서부터 숲해설가의 활동 기간 은 3월부터 11월까지가 대부분 계약된 기간이다. 나머지 12월 ~2월까지는 휴가로 사용할 수 있다. 나는 휴양림에서의 활동 이 없는 기간에는 다른 휴양림을 찾아다니며 탐방 활동을 했 다. 강원도에서부터 경상도까지 내가 편한 일정을 잡아서 순례 하는 방법으로 이곳저곳을 정말 많이도 다녔다. 자연휴양림에 근무하였기에 전국 어디를 가든 대부분의 숙소는 편하게 이용 할 수가 있었다. 지금은 휴양림 예약하기가 하늘의 별 따기처 럼 힘들지만 내가 근무할 당시만 해도 그렇게 힘들지 않고 여 유가 있었다.

　그렇게 휴가를 보내던 중에 나는 숲해설과 숲해설가에 대한 발자취를 정리해봐야겠다고 생각하게 되었다. 이런 활동은 숲 해설가협회에서 해야 하는 작업이지만 워낙 바쁜 곳이라 현실 적으로 이런 일을 맡아서 할 수 있는 인적, 시간적 여유가 없 었다. 나는 내가 가지고 있는 자료들을 정리하기 시작했고, 여 기저기 흩어져 있는 문서들도 수집하였다. 모든 사실은 자료에 근거해서 정리돼야만 이후에 필요한 사람들에게 정확한 참고 자료가 될 수 있을 테니까.

대학교 사회교육원에서 실시한 교육 자료부터 숲해설가 협회가 설립된 이후로 만들어 오던 회지를 하나도 빠트리지 않고 정리해서 차곡차곡 준비했다. 연도별, 월별 자료에서 빠진 부분이 있으면 최초 활동한 해설가들을 통해서 그 부분을 보충해서 정확하게 연도별, 월별 자료를 준비하였다.

준비한 자료들을 한곳으로 정리하여 펼쳐놓고 작업을 시작하기 가장 쉬운 장소는 바로 나의 거처였다. 누구한테 간섭받지 않고 온 집안에다 자료를 펼쳐놓고 작업할 수 있었다. 자료가 어느 정도 정리가 되어서 숲해설가 협회를 방문하여 협회 대표와 자료집 편찬에 관한 논의를 하였다. 자료 정리 및 자료집 완성은 내가 맡기로 하고 판매에 관한 부분은 숲해설가협회의 도움을 받기로 했다. 자료집의 이름은 어느 방문객의 질문에서 힌트를 얻어 '숲해설은 왜 스페셜인가'로 정하였다.

여담이지만, 자료집 '숲해설은 왜 스페셜인가'는 정확한 날짜에 발간되었으나 판매를 맡기로 한 숲해설가협회의 약속은 지켜지지 않았다. 의외로 산림청 담당국장이 150부를 선뜻 구매해주어서 지금도 그 때 일에 대해 고마워하고 있다. 그때의 그 고마운 분은 지금은 산림청장으로서 산림행정을 총괄하고 있다.

나의 숲해설 활동은, 숲해설이라는 일을 하기 위한 것이라기보다는 나 자신을 찾아서, 내 자신이 누구인지를 찾아서 떠난, 기나긴 여행이었다고 생각한다. 사실 기업체 영업부서에서 10년이 넘게 일하였고, 그곳이 나의 삶의 터전이었지만 매일매일의 목표 달성과 실적 문제로 스트레스가 이만저만이 아니었다. 그 때문에 하루도 머리가 아프지 않은 날이 없었다. 만성적인 두통뿐만 아니라 신경성 위염도 달고 살았다. 그런데 숲에서 일하기 시작하면서부터 자연스럽게 소화기 계통의 과민 증상이나, 항상 겪어온 두통으로부터 해방되었다. 특히 심한 과민성 대장염을 앓고 있어서 하루에도 몇 번씩 화장실을 들락거려야 했는데, 숲에서 생활한 이후로는 거의 완치가 되었다. 또한 환절기마다 비염 증세도 심해져서 고통스러웠는데, 지금은 비염도 눈에 띄게 좋아지고 있다. 숲에서 시작된 신체적, 육체적인 변화들은 그렇게 나에게 새로운 기운을 북돋아 주었다.

심리적으로도 큰 영향을 미쳤다. 숲에서 생활하는 시간이 많아진 나에게 심리적인 안정이 찾아온 것은 너무나 당연한 결과였다. 나 자신을 돌아보고 나의 내면을 들여다볼 수 있는 시간이 주어졌다. 앞만 보고 달려온 나의 인생이었고, 가족과 자녀들을 위한 가장의 삶을 살아온 나였기에, 젊은 시절 나는 나의 마음과 감정을 늘 가슴 한편에 묻어두고 살아왔었다. 또한

6.25 전쟁 이후의 가장 큰 고통의 시간이라고 할 수 있는 IMF 라는 시간을 겪으면서 그 시대, 내 또래의 아버지들이 거의 그랬던 것처럼 나 또한 심리적으로 많이 위축되어 있었던 것이 사실이었다.

그러나 자연과 더불어 살아가는 삶을 살게 되면서 비로소 평상심을 되찾을 수 있게 되었다. 일하는 환경 자체가 자연 속에 있다 보니 심리적 안정뿐만 아니라 인간 본연의 삶, 원래의 나 자신으로 돌아온 느낌이었다. 나에게 집중하고 나를 돌아 볼 수 있게 되었고, 미래를 생각할 수 있는 마음의 여유가 생기기 시작했다. 숲해설가로서의 생활로, 자존감도 서서히 회복되기 시작했다. 심적인 안정은 우울증 증세나 여러 가지 스트레스로 인한 신체적인 불편함이 호전되는 결과를 안겨주었다. 신기하게도 마치 새로운 생명을 되찾은 것 같은 감동을 받았다. 그동안 내가 처해 있던 환경이 알게 모르게 나의 건강에 어떤 악영향을 미쳤는지를 알 수 있었다.

실직의 고통 속에서 벗어나 나 자신을 추스를 수 있었던 곳은 숲이라는 자연의 품속이었다. 숲은 나에게 세상을 살아갈 수 있는 지혜를 얻게 해 주는 공간이었다. 주어진 길이 아닌, 새로운 길을 찾고, 어떠한 방향으로 가야 할지 탐색하며 걷는 과정 속에서 방향을 설정할 수 있는 방향지시등 같은 역할을 했다. 그 결과, 숲해설이 기본 바탕이 되어 산림치유와 유아 숲 학교라는 새로운 분야를 개척할 수 있었다. 숲은 이렇게 나에게 보다 큰 세상을 그려볼 수 있는 계기를 마련해주었다. 숲에서의 생활은 이후의 나의 생활 전반에 영향을 미친, 더없이 소중한 시간들이었다.

운악산 휴양림, 풀피리 불어보기

숲해설과
스토리텔링

숲해설은 자연의 소중함을 깨닫고, 자연과 더불어 살아가는 방법을 체득하며, 이것을 여러 사람들과 함께 공유하는 제반 활동이다. 숲해설가는 자연의 여러 가지 사물이나 현상에 관하여 이야기로 전달하고 공감하게 하는 활동을 하는 사람이다. 사물이나 현상에 관한 스토리는 사실에 근거해야 하며 지어낸 허구의 이야기여서는 안 된다. 또한, 진행되는 과정에서의 스토리는 흥미와 재미가 동반되어야 한다. 호기심이나 흥미를 자극하지 못하는 해설은 참여자로부터 외면받게 된다. 흥미를 유발하는 진행 가운데서도 공감이나 감동을 줄 수 있는 내용도 포함하고 있어야 하며, 해설가가 전달하고자 하는 메시지도 이야기 속에 담겨 있어야 한다.

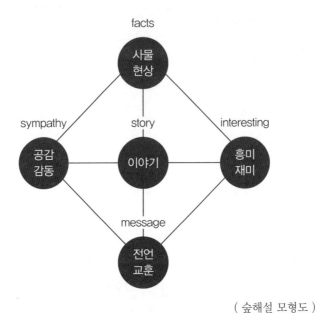

facts

사물
현상

sympathy   story   interesting

공감
감동   이야기   흥미
재미

message

전언
교훈

(숲해설 모형도)

　자연은 소중한 것이며 풀 한 포기, 나무 한 그루 어느 것 하
나 소중하지 않은 것이 없으며 우리는 이것을 지키고 보존하
기 위해서 무엇을 해야 하고 어떤 것을 실천해야 하는지를 분
명하게 전달할 수 있어야 한다. 이에는 기술이 필요하고 노하
우가 필요하다. 그래서 해설의 경험이 중요한 것이다. 휴양림
방문객에게 공감과 감동을 충분히 줄 수 있는 프로그램이 활성
화될 때, 건강을 증진하고 각종 질병을 예방할 수 있게 될 것이
다. 숲에서 산책을 하는 것만으로 힐링이 된다. 숲이라는 공간

에 들어오는 것 자체가 치유의 시작이다.

숲의 소중함이나 자연과 더불어 살아가는 방법, 일상적으로
실천할 수 있는 자연보호(예: 쓰레기 줍기)등의 교육프로그램
을 마련하고 숲에서 이런 체험 프로그램을 통해 교육이 이루어
질 때 이것이야말로 진정한 산림 교육이 될 수 있을 것이다. [8]

재미있는
숲 이야기

　'숲'이라고 했을 때 사람마다 떠오르는 다른 이미지가 있을 것이고, 숲에 얽힌 자신만의 추억과 의미들이 있을 것이다. 바쁜 삶을 잠깐 내려놓고 따뜻한 차 한 잔을 손에 쥐고 소파나 책상에 앉아 숲이 나에게 주는 의미들을 생각하다 보면 금세 마음이 편안해지고 생각이 정리되는 것을 경험할 수 있을 것이다. 숲이라는 단어 자체에도 이렇게 큰 힘이 있다. 내가 느낀 숲의 아름다운 세계에 누구라도 함께 공감해 준다면 그것만으로도 얼마나 행복한 일일까 생각해 본다.

　여기서 재미있는 숲 이야기를 소개해보고자 한다. 직접 숲속에 가 있지는 않지만 이야기를 읽는 것만으로도 숲에 있는 듯한 착각에 빠지는 경험을 하게 될 것이다. 필자가 나무와 숲속에 담긴 이야기를 시와 함께 묶어 집필한 《이야기 숲에서 놀자》에서 일부 발췌하였다.

1. 잣나무

우리 주변에서 가장 흔하게 접하고, 주위에서 쉽게 볼 수 있는 나무가 아마 소나무일 것이다. 그런데 소나무는 일본 적송(Japanese Red pine)으로 알려져 있고 한국 소나무로 소개되고 있는 나무는 잣나무(Korean pine tree)이다. 외국인들은 한국을 대표하는 소나무를 잣나무로 알고 있다.

잣나무의 다른 이름으로 나무의 속이 붉다고 해서 '홍송'이라고도 했다. 잎의 한 묶음이 5개씩 달린다고 해서 오엽송으로 불린다. 암수 한 나무로 늦봄에 꽃이 피어 수정이 되면 이듬해 가을에 송이로 된 잣이 여문다. 덜 익은 파란 잣송이를 따서 담금주와 1:3 비율로 밀봉하여 6개월쯤 담가 두었다가 꺼내서 체로 거른 후 한 잔씩 장복하면 몸이 가벼워지고 건강해지는 것을 느낄 수 있다. 잣나무 열매는 귀한 약과 음식이 되기도 했다. 흉년에는 허기를 이기는 데 소중하게 사용되었다.

잣나무의 종류로는 섬에서 자라는 섬잣나무, 옆으로 비스듬

하게 자라는 눈잣나무, 미국에서 들여와 조경 및 가로수용으로 많이 심고 있는 스트로브잣나무 등이 있다. 스트로브잣나무는 우리의 잣나무에 비해 잎이 가늘고 더 부드럽다.

하지만 먹을 수 있는 잣이 달리는 것은 오로지 우리나라가 원산지인 잣나무뿐이다. 잣나무의 나이가 적어도 10년 이상 되어야 열매를 맺을 수 있다. 수령이 25년 정도는 되어야 많은 열매를 수확할 수 있다.

운악산 잣나무 숲의 햇살바람

박상건

아침 해가 운악산 이마 환하게 닦고 있다

절벽마다 그을린 이름 모를 열꽃

덩굴잎 서리 진 주름살을 펴고

잣숲에 새 깃처럼 기지개 켜는 햇살의 하루

울울한 숲에 세세한 햇살 줄기들이

솔방울에 벌 떼처럼 빨려들어가고

낙하한 높이만큼 무수한 햇무리 쏟아내던 응달에

달팽이처럼 혀를 날름대던 햇살들을 보면

절망의 끝은 절망이 아니다

절망은 희망의 고갱이다

꿀물처럼 가득 깊어가 허공에서 그을린

검은 잣 튀는 소리들

계곡 물소리 하얗게 달구던 햇살들이

물살에 뜨겁게 앵겨

운악산 가슴 깊이 퍼 질러간다

푸른 산빛에 황산을 내뿜는다

(출처: 장이기,《이야기 숲에서 놀자》, 2016.)

2. 진달래

봄이 오는 어느 날 저녁 가요 프로그램에서 실제로 있었던 일이다. 노랫말이 가장 아름다운 노래의 하나로 '봄날은 간다' 가 소개되고 뒤이어 소리꾼 장사익 씨가 노래를 불렀다.

연분홍 치마가 봄바람에 휘날리더라

오늘도 옷고름 씹어가며 산 제비 넘나드는 성황당 길에

꽃이 피면 같이 웃고 꽃이 지면 같이 울던

알뜰한 그 맹세에 봄날은 간다

진달래는 잎이 나오기 전에 화사한 연분홍 꽃을 피워 그 아름다운 자태를 한껏 뽐낸다. 그 아름다운 모습 때문에 사랑을 주제로 한 노래의 단골이 된 지 오래다.

진달래는 꽃이 핀 다음에 잎이 나오는 특징이 있다. 꽃과 잎이 거의 같이 피는 철쭉 종류와 쉽게 구별된다. 철쭉은 꽃이 흰빛에 가까울 정도로 연한 분홍빛이다. 하나 산철쭉과 영산홍은 구분하기 쉽지 않다. 일본인들이 철쭉과 산철쭉을 가지고 오랫동안 품종개량을 하여 수백 가지 품종을 만들었는데 이를 모두 합쳐 부르는 이름이 바로 영산홍이다. 주변에서 흔히 보는 정원수의 대표적인 꽃나무가 대부분 영산홍이거나 산철쭉이다.

어릴 때 군것질 삼아 진달래 잎을 한입 가득 물고 연분홍빛으로 변한 입술과 혀로 돌아다니던 시절이 참 그립다. 이제는 이것저것을 생각하느라, 한입 가득은커녕 꽃잎 하나도 지근지근 깨물기 힘들게 되었다. 가장 흔히 대하던 제일 친근한 진달래가 어느새 낯선 꽃처럼 되었다.

봄이 오면

김동환

봄이 어면 산에 늘에 진달래 피네
진달래 피는 곳에 내 마음도 피어
건너 마을 젊은 처자 꽃 따러 오거든
꽃만 말고 이 마음도 함께 따가주

봄이 오면 하늘 위에 종달새 우네
종달새 우는 곳에 내 마음도 울어
나물 캐는 아가씨야 저 소리 듣거든
새만 말고 이 소리도 함께 들어주

나는야 봄이 되면 그대 그리워
종달새 되어서 말 붙인다오
나는야 봄이 되면 그대 그리워
진달래 꽃 되어서 웃어본다오

(출처: 장이기, 《이야기 숲에서 놀자》, 2016)

3. 나리

백합과 여러해살이풀이다. 꽃말은 '순결, 존엄'이다. 나리는 지체가 높거나 권세가 있는 사람을 높여 부르는 말로 꽃 중의 나리로 불릴 만큼 크고 아름답다. 중국 이름 백합은 뿌리가 백 개의 조각이 합하여 이루어졌다는 뜻이다.

전국 어디서나 잘 자란다. 생명력이 강하고 번식력도 좋다. 여름에 큰 꽃을 한 줄기에 3~10송이 정도 피우고 많을 경우 20여 송이도 달린다. 대부분 주황색이지만 솔나리는 분홍색이다. 흰솔나리도 있다. 무리 지어 군락을 이룬다. 꽃은 6갈래로 깊이 갈라지고 뒤로 젖혀질 만큼 활짝 핀다. 튼실한 수술과 암술이 길게 나온다.

어린 새순은 나물로 먹고 알뿌리는 찌거나 구워 먹는다. 뿌리를 가루 내어 국수도 만들어 먹는다. 뿌리에는 기침을 멈추며 폐를 윤택하게 하고 심장의 열독을 풀어주어 정신을 안정시키는 효능이 있다.

산에 있어 산나리, 솔잎을 닮은 솔나리, 하늘을 바라보는 하늘나리, 고개 숙인 땅나리, 털이 많은 털중나리 등이 있다. 잎이 둥글게 돌아 나는 말나리, 으뜸으로 치는 참나리 등이 있다. 참나리는 꽃잎에 점이 있어 호랑나리로도 불린다. 참나리는 열매를 못 맺고 줄기의 구슬 같은 주아가 땅에 떨어져 발아한다.
비늘줄기로 증식한다.

털중나리

신순애

산 속에 숨었어도
눈에 확 띄는 그대
훤칠한 키 주홍 얼굴
다닥다닥 주근깨가
피아골 핏물이 들어
고개 들지 못하네.

또르르 뒤로 말린
귀밑머리 감추인 채
달랑달랑 귀걸이만
흔들대는 땡볕 아래
학도병 동학군 넋을
위로하고 있구나.

너와 나의 격돌들이

피로 물든 골짜기에

온 몸의 잔털은야

속살을 감추기다

처절한 동족상잔 앞에

하늘까지 부끄럽네.

(출처: 장이기,《이야기 숲에서 놀자》, 2016.)

4. 쑥부쟁이

국화과 여러해살이풀이다. 쑥 캐러 다니는 불쟁이(대장장이)
네 딸 이야기에서 이름이 붙여졌다. 산백국, 계아장, 마란, 자
채, 계장초, 권영초, 소설화, 야백국 등으로도 불린다. 들국화
라고도 한다. 실제로는 '들국화'라는 꽃은 없고 들에 피는 국화
과 식물(쑥부쟁이, 구절초, 산국, 감국, 개미취 등)을 통칭하여
들국화라 한다. 가지 끝에 하나씩 피어 있는 불그스름한 꽃은
연약하고 가냘파 보인다.

먼 옛날, 쑥을 캐러 산으로 다니던 불쟁이(대장장이)네 큰딸

은 산에서 만나 도움을 받은 한 사냥꾼을 그리워하게 되었다. 하나, 그가 결혼한 사람이라는 사실을 알고 이루지 못할 사랑임을 깨닫게 되었다. 짝사랑에 가슴만 태우던 그녀는 어느 날 벼랑에서 떨어져 죽고 말았다. 그 후 그녀가 숙은 자리에 이름 모를 꽃들이 무리 지어 피어났다. 이를 본 사람들은 쑥 캐러 다니던 불쟁이(대장장이)네 큰딸을 기려 그 이름 모를 꽃에 쑥부쟁이라는 이름을 붙여 주었다.

잎은 긴 타원형인데 가장자리에 굵은 톱니와 털이 있어 까끌까끌하다. 어린순은 나물로 먹는다. 열이 나거나 목이 부었을 때 뿌리째 약재로 쓴다. 기관지염, 유방염 등에도 효능이 있다. 뱀에 물릴 경우 즙을 내서 물린 자리를 해독시킨다.

쑥부쟁이 사랑

정일근

사랑하면 보인다, 다 보인다.
가을 들어 쑥부쟁이꽃과 처음
인사했을 때
드문드문 보이던 보라색 꽃들이

가을 내내 반가운 눈길 맞추다 보니

은현리 들길 산길에도 쑥부쟁이가

지천이다.

이름 몰랐을 때 보이지도 않던

쑥부쟁이꽃이

발길 옮길 때마다 눈 속으로 찾아와

인사를 한다.

이름 알면 보이고 이름 부르다

보면 사랑하느니

사랑하는 눈길 감추지 않고

바라보면 모든 꽃송이

꽃잎 낱낱 셀 수 있을 것처럼

뜨겁게 선명해진다.

어디에 꼭꼭 숨어 피어 있어도

너를 찾아가지 못하랴.

사랑하면 보인다, 숨어 있어도 보인다.

(출처: 장이기,《이야기 숲에서 놀자》, 2016.)

숲해설가 운용방식의 변천,
그리고 나의 생각

정책 숲해설가 (1999~2007)

숲해설 도입 초기부터 전국의 휴양림에서 주말이나 휴가철(7월~8월)에 집중적으로 운용되었다. 산림청장이 참석하는 행사에서 숲해설가를 위촉하는 방식을 통해 해설가의 자긍심을 높이고 제도의 필요성에 대해 높은 가치를 부여한 시기이다. 숲해설가 위촉업무가 지방관리청장으로 이관되면서 운용방식의 변화가 나타나기 시작했다. 숲해설이란 일이 충분한 수익을 보장하지는 못할지라도 일에 대한 자긍심, 자부심으로 하루하루를 열심히 활동했던 시기였다. 제도나 법적으로 정비가 이루어지기 이전의 활동 시기이다.

일자리 창출 숲해설가 (2008~2016)

숲해설 업무가 일자리 창출의 영역으로 새로이 분류되면서 주 5일 근무 형태로 바뀌게 된다. 해설가들은 단순노무자 형태로 변질되기 시작한 시점이 이 시기가 아닌가 싶다. 정부기준 일일 최저임금제도가 숲해설가에게 적용되면서, 숲해설가들의 자질에 대하여 커다란 변화를 가져온 계기가 되었다. 숲해설가들의 전문성이나 자긍심 따위는 중요한 요소가 되지 못하고, 오로지 하루하루 주어진 업무를 수행하고 계속해서 일해야 하는 상황이 되다 보니, 자신의 전문영역에 대한 연구나 현장답사 활동은 뒷전이고 관리자의 눈에서 멀어지지 않으려고만 하는 모습이 여기저기서 나타나게 된다. 왜냐면 숲해설가를 직접 선발하는 최종 권한이 담당 관리자의 손에 달려 있었으니까. 당연히 숲해설가들의 자질이 떨어질 수밖에 없었다.

이런 문제를 해결하기 위해 법이나 제도적인 뒷받침이 진행되면서 숲해설가 양성기관을 늘리고 숲해설가가 양적으로 팽창하게 된 시기였다.

전문등록업체 파견 숲해설가(2017~현재)

산림청 산하 공단(산림복지 진흥원)을 설립하고, 퇴직한 공직자를 책임자로 선정하여 운용하는 별도의 기관을 두게 된다. 간단한 필요조건을 갖춘 업체에서 숲해설가를 필요로 하는 기관(예: 자연휴양림)에 파견하여 운용하는 방식이다.

이는 청소 용역업체를 설립하고 일정한 장소나 건물에 대하여 입찰 방식을 통해 청소용역을 낙찰받아서 사람을 파견하는 방식과 유사한 형태이다. 개인적으로, 산림교육의 전문성을 강조하면서 이러한 형태의 숲해설가 운용이 효과를 거둘 수 있을지 의문스럽다. 숲해설가의 자질 또한 퇴보할 것이 불 보듯 뻔하다. 숲해설이라는 분야에서 여태까지 축적해온 풍부한 경험을 토대로 하는, 한 단계 더 발전된 운용방식이 절대적으로 필요하다는 것이 나의 의견이다.

초기의 숲해설가들이 고통스럽고 힘든 가운데서 이 분야에 디딤돌을 놓을 때를 생각해보면 자괴감이 드는 부분이다. 전문성을 유지하면서도 효율적인 해설을 위해서는 지금의 채용이나 운용방식을 유지해서는 안 된다. 해마다 새로운 사람으로 바꿔서 채용하는 현행 방법으로는 더더욱 그렇다. 숲해설가는 입시 보듯이 시험을 치러 선발하는 방법을 지양하고 풍부한 실무경험 위주의 채용이 이루어져야 한다.

5년 이상 근무경력을 가진 자로, 필수 인원을 정규직으로 확정 채용하고, 성수기에는 계절적 시간제 근무자를 투입하여 해설의 업무를 돕도록 하면 될 것이다. 정규 해설가가 운용하는 일일프로그램이 무엇이며 언제 어디에서 어떻게 시행되는지를 정확하게 계획표나 일정표를 만들어서 탐방객 비지터센터(visitor center)에 비치하고 안내하게 해야 한다. 비지터센터에는 최소한 한 명 이상의 해설가가 항상 대기하며 탐방객들을 안내하게 한다면 사람들이 붐비는 시기에도 효율적으로 대처할 수 있을 것이다.

노르딕워킹과
함께하는 힐링 숲체험

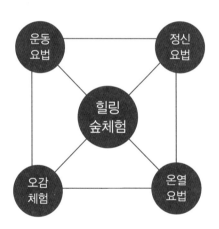

힐링 숲 체험 프로그램 모형도

- 1박 2일, 2박 3일 적용 가능 -

1. 운동요법 (노르딕워킹)

(1) 걷기 운동은?

1) 이동하기 위한 수단

2) 즐거움과 사교를 위해서

3) 이야기를 나눌 목적으로

4) 긴장을 풀고 싶어서

5) 뇌를 활성화하고 신경을 진정시키기 위해

6) 정신을 고양(高揚)하기 위해서 이루어지는 활동이다.

(2) 운동요법의 한 가지, 노르딕워킹

1) 개념 정의: 특별 제작된 스틱을 사용하여 걷는 운동으로, 크로스컨트리 스키 선수들이 비시즌에도 몸의 상태를 유지하기 위해 개발하였다. 스틱으로 바닥을 찍으며 걷기 때문에 다량의 에너지가 소비되어 운동 효과가 좋다. 운동 시에는 상체와 팔을 곧게 펴고, 스틱의 수평 및 보폭을 적절하게 유지하는 것이 중요하다. 새로운 걷기 운동의 한 가지로 운동 효과가 일반 걷기보다 뛰어나며, 흐트러진 인체를 바로 잡아 주는 효과적인 운동이다.

2) 올바른 자세교정

3) 운동 효과의 극대화

4) 무릎관절 등의 신체적 보호

(3) 머리 식히기

정신건강을 유지하고 치매를 예방하기 위해서는 분노를 조절하고 기분을 전환하는'머리 식히기'를 해야 한다. 마음이 느긋해지면 혈당이 내려가고 뇌의 과잉 혈류 현상도 해소된다. 초조한 상태가 계속되어 '머리 식히기'가 잘되지 않으면 일단 무조건 걷는 것이 좋다. 걸으면 하반신이 자극을 받아 뇌를 포함한 상반신에 피가 몰리는 현상이 해소되어 자연스럽게 냉정을 되찾을 수 있다. 이에 더해 숲길을 걸으면 신선하고 충분한 산소를 들이마실 수 있어 혈중 콜레스테롤과 혈당 수치가 낮아진다. 그 결과 혈류 순환이 촉진된다.

(4) 숲속 걷기의 효과

거시적으로는 '늙은 국가'가 될 우리나라의 의료 재정 부담을 줄이고, 미시적으로는 건강하고 행복한 노년을 보낼 수 있는 수단이 된다. 우리나라는 2026년경에 65세 이상 노인 인구 비율이 20%로 증가하여 본격적으로 고령사회로 진입한다고 한다.

(5) 질병 예방의 중요성

건강수명을 늘리기 위해서는 자연치유와 같은 보완 대체의학을 활성화하여 치료 위주에서 예방 중심의 의료체계로 전환을 서둘러야 한다. 스트레스로 저산소, 저체온, 고혈당의 불균형으로 고통받는 환자나 미병인들이 항상성 조절 기능을 되찾을 수 있도록 편안하고 쾌적한 숲길이 지속적으로 조성되어야 한다.

2. 걷기 명상을 통한 오감체험

(1) 체험 이야기 나누기

(2) 꽃구경하기

(3) 신비한 현상들 체험하기

(4) 숲속 들여다보기

(5) 숲속 소리 들어보기

(6) 나에게 들려주고 싶은 이야기 나누기

(7) 건강하게 산다는 것은?

1) 정의

2) 백 세 인생

3) 웰빙(well being)

4) 웰다잉(well dying)

5) 건강 보험 적용의 정책적 접근

※건강의 개념

건강은 단순히 병이 없거나 병약한 상태를 벗어나는 것이 아니라 육체적, 정신적, 영적, 그리고 사회적 안녕이 충족되어 생동감 있는 상태를 말한다.

숲이 주는 오감 자극은 균형을 상실한 현대인의 뇌를 회복시키고 스트레스에서 벗어나게 한다. 이것이 '숲치유'의 핵심이다. [9] 치유는 나와 자연과의 관계를 종합적으로 관찰하고 생태계 차원으로 이해하는 것이다. [10]

3. 정신요법

(1) 세로토닌 호흡법(=478 호흡)을 통한 마음속 들여다보기

1) 4초간 코로 들이쉰다.

2) 7초간 숨을 멈춘다.

3) 8초간 천천히 입으로 내쉰다.

(2) 나에게 들려주고 싶은 이야기(나들이 프로그램 적용)

1) 어제의 나는 누구였는가?

2) 지금의 나는 누구인가?

3) 내일의 나는 누구이고 싶은가?

(3) 지정된 장소에서 자신의 이야기 나누기

- 자신을 밖으로 드러내는 것을 통한 마음의 스트레스 해소하기.

4. 온열요법(숯가마 체험)

(1) 숯가마 찜질(온열욕)

1) 원적외선은 파장이 가시광선보다 길어서 눈에 보이지 않으며 열작용이 크고 침투력이 좋다.

2) 원적외선 방사에너지로 인체에 온열을 하면 심부 세포를 데워 체온을 올리는 효과가 있다.

3) 원적외선은 세포를 구성하는 수분과 단백질 분자와 세포를 1분에 2,000번씩 미세하게 흔들어 준다. 이 과정에

서 우리의 세포조직이 활성화되어 신진대사가 활발해지
고 장기의 움직임이 좋아지며 신경통, 근육통 등이 치유
된다.

4) 숯을 굽는 동안 흙과 돌로 축조된 숯가마 내벽과 천장이
고온으로 달구어지면 원적외선이 방출된다.

5) 숯을 구울 때 숯가마 내부 온도는 1,300℃까지 올라가
므로 숯가마는 완전한 무균실이 된다. 숯가마 찜질의 효
능을 활용하여, 온열욕으로서의 보완 대체 의료요법의
가능성을 제시했다. [11]

(2) 한국형 온열욕 관광 상품으로 활용할 수 있는 대표적 사례

1) 경기 양평의 자연휴양림 치유의 숲을 체험한 후 주변의
숯가마 찜질을 활용한 방법

2) 울진 금강송 군락지 주변의 숲 탐방과 온천욕을 활용한
방법

3) 효소온열욕;고온성 미생물의 효소가 톱밥, 쌀겨 등의 대
사과정에서 발생하는 열을 이용하여 심부 체온을 올리는
건식 찜질이다. 효소가 가장 활발한 체온은 36.5℃이며
뇌나 내장을 둘러싼 몸의 심부체온은 37.2℃ 로 알려져
있다. 체온이 1℃ 떨어지면 면역력은 30% 약화되고 체온

이 1℃ 올라가면 면역력은 5~6배로 강해진다.

4) 인제군 원대리의 자작나무 숲에서 충분한 산림욕을 즐긴 후나, 또는 대관령 자연휴양림의 소나무 숲에서 치유 프로그램 체험을 한 후 주변의 숯가마찜질 체험으로 연계할 수 있다면 새로운 온열욕 관광 상품으로 활용할 수 있을 것이며 산림 치유를 통한 건강수명 연장에도 커다란 도움을 줄 수 있을 것이다. [12]

《병의 90%는 걷기만 해도 낫는다》라는 책을 쓴 일본인 의사 나가오 가즈히로는 모든 병이 걷지 않는 데서 온다고 이야기한다. 현대에 생겨난 많은 성인병과 아토피 피부염, 우울증, 불면증, 암, 위장질환, 관절염 같은 병들이 제대로 잘 걷기만 해도 증세를 충분히 호전시킨다고 한다. 심지어 우리는 불치의 병이라고 알고 있었던 치매의 위험이 있는 사람들도 하루 한 시간 걷기를 통해 증상이 좋아질 수 있다고 한다. 상황이 여의치 않아 한 시간을 걸을 수 없다면 5분이든 10분이든 오늘부터 바로 걸어야 한다고 강조하고 있다. 무릎이나 허리가 아픈 사람들도 아프다고 걷지 않으면 증상만 더욱 악화시키는 꼴이 되고 만다고 한다. 심지어 뼈가 골절된 환자들은 진통제를 먹고 고통이 진정되면 바로 걸어야 뼈가 빨리 붙는다고 한다. 걷기의 효과

가 정말 대단하다는 것을 알 수 있다. [13)]

어느새 인생 100세 시대가 되었다. 아픈 몸으로 100년을 산다면 그것처럼 고통스러운 것이 또 있겠는가? 누구든지 건강하게 오래 사는 것이 소망일 것이다. 걸으면 건강하게 오래 살 수 있다니 하지 않을 이유가 없다. 평일 출근할 때는 한 정거장 정도 일찍 내려 걸어간다든지, 엘리베이터를 이용하는 대신 계단을 오르내리는 것은 평상시에 누구나 걸을 수 있는 방법이다.

주말에는 숲으로 가보자. 숲속에는 온전히 나에게 집중하며 생각할 수 있고, 자연을 바라보며 그 속에서 휴식을 얻을 수 있는 여러 가지 환경들이 준비되어 있다. 오가는 사람들의 건네는 인사만으로도 한결 기분이 좋아질 것이다. 유명한 작가들이나 철학자들은 책을 쓰기 위해 숲에서 걷는 시간을 꼭 가진다고 한다. 숲속에서 산책하는 동안 산소가 뇌로 전달되어 생각을 더욱더 맑게 하고, 흐렸던 의식이 안개가 걷히듯 분명해지는 경험을 하게 된다고 한다.

나도 걷기를 통해 많은 유익을 경험했다. 마음이 힘들고 어려울 때 걷기는 불안했던 마음을 안정시키는 효과가 있다. 복잡한 마음이 정리되지 않을 때는 걷기만큼 좋은 활동은 없다. 걷고 또 걷다 보면 내 안에 있던 감정의 찌꺼기들이 없어지고 긍정적이고 행복한 기운들이 온몸에 퍼져 온다. 지금 당장 걸을 힘이 없는 것 같아도 일단 걷기 시작하면 그때부터 기운이 생기기 시작한다. 인생 후반에 숲을 걸을 수 있는 직업을 가지게 된 것은 정말 감사한 일이 아닐 수 없다.

산음 휴양림, 해설후 찰칵

소중한
우리 숲

우리나라의 숲은 세계적으로도 울창하기로 유명하다. 많은 개발도상국들이 세계4대 산림강국 중 하나가 된 우리나라의 산림녹화 사업을 롤모델로 삼고, 성공비결을 배우기 위해 문을 두드린다. 우리나라가 짧은 시간 안에 어떻게 이런 쾌거를 거두었는지 알게 되면 지금의 아름다운 산림을 더 소중히 여길 수 있을 것이다.

우리나라도 처음부터 이런 아름다운 숲을 가지고 있지는 못했다. 사실 산림의 황폐화는 조선시대부터 이미 진행되고 있었다. 그러다 일제 강점기에 자행된 산림수탈과 6.25 전쟁을 겪으며 우리나라의 숲은 완전히 파괴되었다. 국가기록원에서 우리나라의 옛날 사진을 볼 수 있는데, 그 당시 우리나라의 온 국토가 만주벌판과 같은 황폐한 상태였음을 알 수 있다. 1950년 대는 산림의 57%가 민둥산이었고, 풀도, 나무도 자라지 않는 황폐지가 68만ha였는데, 이는 전국 산림의 10%가 넘는 면적 이었다고 한다. 1969년 UN보고서에는 산림황폐도가 고질적이 어서 치유가 불가능하다고 평가되어 있을 정도로 상황이 열악 했다. [14)

이렇게 땅이 황폐했던 가장 큰 이유는 나무를 베어 연료로 사용했기 때문이다. 묘목은 말할 것도 없고 나중에는 낙엽까지 긁어서 땔감으로 사용했다. 낙엽이 없으면 산이 비옥해지지 못 하고, 나무를 심어도 잘 자라지 않는다. 나무를 심지도 않고, 심으면 다른 누군가가 뽑아가는 난감한 상황이 계속되었다.

정부는 지도자를 중심으로 우리나라의 녹지를 조성해야할 필 요성을 절감하고 1967년 산림청을 발족하며 산림녹화에 매진 했다. 나무를 심어 숲을 가꾸기 위해서는 무엇보다 돈이 필요 했다. 심어야할 묘목을 사야했고, 그 묘목을 심기 위한 인건비 가 발생하기 때문이다. 정부는 산림녹화를 위해 국제기구에 원 조자금을 요청하였다. 이때는 전 세계가 2차 세계대전으로 폐 허가 된 상황이었기 때문에 다른 나라들도 산림녹화를 위해 돈 을 받아갔지만 성공하지 못했다고 한다. 국제기구는 우리나라 도 지원을 해주긴 했지만 한국도 당연히 성공하지 못할 것이라고 여겼다.

　그러나 결과는 정반대였다. 이후 경제적 지원을 받은 한국은 나무를 잘 심는 데 성공했고, 심은 나무를 잘 자라게 하여 세계적인 산림강국이 되었다. 1980년 UN산하, FAO 식량농업기구, 수석이코노미스트 아놀드 박사는 "2차 세계대전 이후 산림녹화를 성공한 유일한 나라는 한국뿐이다."라고 말했고, 82년도 보고서에는 "한국은 산림녹화에 성공한 유일한 개발도상국으로 산림녹화 모델로 삼고 있다."고 하였다. 어떻게 이렇게 짧은 기간 동안 이런 성과를 낼 수 있었을까?

　첫째, 우리나라는 국제기구에서 빌려온 재정의 일부를 활용해 탄광을 개발하기 시작했다고 한다. 돈까지 빌렸는데 석탄을 캐는데 사용하면 어떻게 하냐는 의문이 든다. 하지만 이것은 한국의 황폐했던 산림녹화에 있어 정말 중요한 문제를 해결하는 단서가 되었다. 사람들이 나무를 뽑는 이유가 연료로 사용하기 위함이었기 때문에 이에 대한 근본적인 해결책을 먼저 내놓았던 것이다. 석탄을 사용하거나 석탄으로 만든 연탄 등을 연료로 사용하면 나무를 뽑지 않고 생활하는 것이 가능해지기 때문이었다.

　두 번째는 한국 실정에 잘 맞는 관리감독 시스템이 큰 역할을 했다. 검목(撿木)제도라는 것을 만들어 나무가 잘 심겨지고 있는지 감독하였는데 검목제도는 말 그대로 나무를 검사하는 제도였다. 문제는 주로 지방자체단체에서 이 일을 하게 되는데 같은 지역 공무원들끼리 검사를 하면 서로 봐주기를 하면서 제대로 된 보고가 되겠는가 하는 것이었다. 그래서 정부는 다른 지방 공무원들을 파견하여 검사하는 방식으로 관리하고 보고했다고 한다. 예를 들면, 경상도 공무원이 전라도 나무를 검사하고, 전라도 공무원이 경상도 나무를 검사하는 식이었던 것이다. 이때 나무가 잘 심겨지는 지를 살펴보고, 그 결과를 가지고 특진의 기회를 주는 등 파격적인 인센티브도 함께 주어졌기 때문에 공무원들도 마다할 이유가 없었다.

이런 이유로 관리감독이 자율적으로 이루어졌는데, 밤에도 나무를 뽑아가지 않는지 지키고, 심지어 여유분으로 온 손상된 묘목도 살려내어 다시 심어놓는 등의 열정으로 주어진 나무를 모두 살려내는 믿지 못할 성과를 거두었다. 해외에서도 이 사실이 믿기지 않아 직접 와서 탐방을 하고 갈 정도였다고 한다.

세 번째는 화전민 문제를 해결한 것이 중요한 성공요인이 되었다. 5차 년도 화전민 정리 사업은 1974~1978년에 실행되었는데 이때 숨어있는 화전민은 30만 가구가 넘었고, 면적은 12만ha 에 달했다고 한다. 화전민들은 산을 불태워 그 재가 땅을 기름지게 한 다음 농사를 지었다. 남한 땅의 6%가 화전민이 살고 있는 땅이었고, 인구로 따지면 농민의 12%나 되는 많은 사람들이 화전민으로 살고 있는 실정이었다. 이 화전민을 잘 정리하는 것이 산림녹화사업 성공의 관건이었다.

국가기록원에 따르면 처음에는 화전민을 단속하고 잡아오기도 했지만 효과가 없었다고 한다. 화전민을 읍내로 데려와도 집이나 일자리가 없어서 정착할 수가 없는 것이 문제였다. 그래서 이것도 그들의 경제적인 필요사항을 잘 수용하는 방향으로 정리하였다.

우선 그들이 생활할 수 있도록 집을 주었다. 슬래브 집이었으나, 지금도 현재도 그 집에 사람이 살고 있을 정도로, 그 당시로서는 아주 튼튼하고 견고하게 지어졌다고 한다. 그 다음엔 직업도 갖게 하였는데, 주로 남편들을 월급을 많이 받을 수 있는 환경미화원으로 취업을 시켰다고 한다. 어느 지역자치단체나 환경미화원은 필요하고, 그들 또한 배움이 많지는 않았기 때문에 적절한 조치였다고 할 수 있다. 아내들에게는 텃밭을 주어 산에서 농사를 짓지 않고, 마을에서 농사를 지을 수 있도록 했다.

그리고 마지막으로 그 마을에 꼭 학교를 지어 아이들을 교육했다고 한다. 다음 세대 아이들이 좋은 교육을 받아 평지에서 잘 정착하면, 다시 산으로 올라가는 일은 없을 것이라고 판단한 것이다. 게다가 각 가정에서도 자녀의 교육 문제까지 해결된 셈이니 산으로 올라가지 않아도 살아갈 수 있게 되었다.

화전민을 정리하는 것은 상당히 어려운 문제라고 한다. 우리나라는 벌써 화전민이라는 단어가 사용되지 않은지 오래 되었지만 지금도 다른 나라에는 여전히 화전민이 남아있고, 해결되지 않은 난제라고 할 정도이다. 이런 이유로 해외에서 화전민을 효과적으로 정리한 노하우를 배우러 오고 있다.

한국의 산림녹화 사업은 70년간 가장 성공한 국내 정책 가운데 하나로 꼽을 수 있다. 이는 사회적인 필요성에 따라 순리에 맞는 제도를 만들어 개혁하는 좋은 예가 되었다. 문제를 근본적으로 파악하고 이에 대해 실무적으로 실천 가능한 해결책을 내어 실행했기 때문에 일군 좋은 성과라고 볼 수 있다. [15)]

이제는 잊혀진지 오래된 식목일이 올 때마다 아쉬움이 남는다. 매년 식목일이 되면 한 때 열정적이었던 우리나라의 나무심기 운동이 지금은 시들해진 것 같아 조금은 허전한 마음이 드는 것이 사실이다. 식목일 자체도 공휴일에서 제외되어 나무를 심기 힘들게 된 현실이 걱정되기도 한다. 풍성한 산림만큼 우리의 마음도 부유해져서 초심을 잃어버린 것은 아닐까?

산림은 풍성해졌지만 우리나라의 숲이 노화되어 산소를 배출하는 양이 줄어들고 있다는 소식을 듣는다. 나무 심기, 숲 조성하기 등 산림녹화 사업을 중단하지 말고, 낡은 집 이곳저곳을 수리하듯이 우리의 산림도 더 아름답게 가꾸어가야 함을 국민들에게 알리고, 이를 실천할 방법들을 찾아야 아름다운 대한민국의 숲을 계속 유지할 수 있을 것이다. 이 나라의 숲이 더욱 울창해지고 아름다워져서 우리의 자손들에게 귀한 유산으로 물려줄 수 있기를 간절히 소망해본다.

산음 휴양림, 산림체험후 찰칵

제 6 장

숲에서 온
편지

다시 만난
인연

산음자연휴양림에서 매일매일 반복되는 일상을 바꾸어 보고자 다른 휴양림에서 몇 년간을 순환 근무를 하였다. 이후 다시 산음자연휴양림으로 돌아와 근무하던 중 나를 알아보는 뜻밖의 방문객이 있어 크게 감동한 적이 있다.

아이 둘을 데리고 내가 진행하는 숲체험 프로그램에 참여한 젊은 부부였다. 아이들의 나이는 대충 짐작으로 5~6세 정도였다. 숲체험 활동에 다른 어떤 가족보다도 열정적으로 참여하고 화목하고 아주 보기 좋은 가족이었다. 준비된 그 날의 숲체험 시간이 종료되고, 서로서로 인사를 나누면서 숲체험에 대한 소감을 나누는 중에 뜻밖에 그 젊은 부부가 혹시 자기들을 모르겠냐고 물었다. 나는 잘 생각이 나지 않아 얼버무리면서 혹시 전에도 숲체험 프로그램에 참여한 적이 있는지 물어보았다.

그제야 그들 젊은 부부는 본인들의 연애시절에 휴양림을 방문하여 내가 진행하는 숲해설 프로그램에 참여한 적이 있다고 했다. 내가 예전에 산음휴양림에서 근무했을 당시였다.

숲체험을 다녀온 그 날 이후 둘 사이의 대화 내용에는 숲해설에 관한 내용이 자주 등장했다고 한다. 숲해설에 참여했던 것이 두 사람을 연결해 주는 하나의 연결 고리가 되었다고 했다. 숲해설에 참여한 것이 두 사람의 관계를 더욱 가깝게 하는 하나의 계기가 되었다는 것이다. 이후 둘은 결혼까지 결심하게 되었고, 자녀 둘을 낳고서 행복하게 살고 있다는 소식을 전해 주었다. 그리고 숲해설에 참여한 그때를 떠올리며 가끔 옛날이야기를 하는데, 두 사람 모두에게 그때의 시간들이 즐거운 추억이 되었다고 한다. 나의 숲해설의 어떠한 내용이 그들을 맺어주는 데 도움을 주었는지는 자세히 알 수 없으나 행복한 젊은 부부와 두 자녀의 다정한 모습을 볼 때 숲해설가로서 한없는 보람을 느꼈다.

그들이 결혼 전에 함께 왔던 숲체험에서 어떤 것을 보고, 새롭게 알게 되었을 수도 있지만, 그때의 숲에서의 느낌, 평화로운 분위기, 신선한 공기 등이 그들의 기억에 더 깊이 각인되었을 수 있다. 그런 긍정적인 외적 요인들은 서로에 대해 더욱더 여유롭고 넓어진 마음을 가지게 한다. 숲체험의 긍정적인 영향들은 충분히 많다. 인생의 중요한 결정을 놓고 고민할 때 숲으로 와서 산책해보라. 나의 욕심을 내려놓고 이성적으로 어떻게 하는 것이 여러 사람을 이롭게 하며 나의 삶에도 긍정적인 결정이 될지 생각을 정리할 수 있을 것이다. 이 부부도 결혼이라는 인생의 중요한 결정을 앞두고 숲속에서 함께 보낸 시간들이 그날 이후로 한동안 쭉 기억에 남았다는 것을 보면 알 수 있다. 혹시 앞으로 어렵고 힘든 일이 생기더라도 숲에서의 추억은 다시금 서로를 향한 애정을 새롭게 할 수 있다. 다시 한번 숲을 찾아준다면 멀어졌던 마음도 다시 친밀해질 수 있을 것이다. 더없이 좋은 힐링 여행이 될 것이다. 아름다운 가정이 유지되는 데 큰 영향을 미친 숲체험이 되는 것이다. 예전에 숲체험에 참가한 것이 평범한 많은 날들 중의 한 날에 불과한 시간이었겠지만 그들에게는 얼마나 특별한 경험이었을지 생각하니 나의 마음도 따뜻해진다.

운악산 휴양림, 남산초교 체험 활동후

반갑다,
친구야

 어느 해 여름이었다. 하기 휴가철이라 평일에도 휴양림 이용객들이 많아서 평일 근무조를 편성하여 근무하게 되었다. 주말 및 휴일에는 2인 1조로, 평일에는 한 사람씩으로 편성하여 근무하게 되었다. 근무일에 나는 집에서 일찍 출발하여 9시경, 휴양림에 도착하였다. 잠시 휴식을 취한 뒤 옷을 갈아입고서 10분 전에 숲해설 코스 입구에 도착하였다. 이미 많은 가족들이 숲해설에 참가하기 위해 주변에 모여 있었다.

 예정 시간보다 일찍 온 몇몇 가족을 위해 체험코스 아래쪽에 있는 꽃을 살펴보았다. 나리 종류 중에서 참나리가 예쁘게 피어 있었다. 꽃의 반점이 호랑이의 얼룩무늬처럼 생겼다고 해서 호피백합, 호랑나리라고도 부르는 꽃이었다. 참나리의 특징 중 몇 가지를 설명하고 꽃의 아름다움을 감상하고 있는데, 참가한 가족 중의 한 사람이 질문을 했다. "그럼 참나리는 열매로 번식을 하는 것 같은데 암술과 수술이 있는 열매에서 수분이 이어져서 번식합니까?" 나는 무심코 "예, 그렇습니다."하고 대답을 했다.

시간이 되어 여러 가족들이 모여서 숲해설을 시작하게 되었다. 기생식물인 겨우살이의 특징, 번식 방법을 설명하고 주변에 있는 단풍나무과의 고로쇠나무, 복자기나무와 나무의 수액을 채취하여 충치예방용 사탕이나 껌의 재료로 사용되는 자작나무를 설명했다. 가래나무 열매가 떨어져 있는 지점에서는 가래나무와 호두나무의 특징들을 비교해 보고, 가래나무 열매를 까서 직접 맛을 보기도 하였다.

국수나무가 서 있는 곳에서 직접 국수가 나오는 실험을 했다. 어린이들이 너무나 즐거워했으며 어른들도 신기해했다. 개울가에 피어 있는 달개비, 그리고 새애기풀이라고도 하는 며느리밥풀꽃에 대해 이야기했다. 꽃말이 '여인의 한(恨)'이라는 설명과 함께 고부간의 갈등으로 인한 슬픈 이야기를 하자 참가한 어머니들은 다들 고개를 끄덕였다.

'맨발로 걷기' 체험코스는 시작할 때는 다들 무척이나 싫어하지만 끝나고 나면 누구나 좋아하는 코스이다. 어린이에게는 흙을 직접 밟아보는 소중한 체험코스로, 성인들에게는 지압 건강법이나 어린 시절의 향수를 불러일으키는 코스이다. 산음휴양림의 특별코스라고 할 수 있다.

산뽕나무 아래에서는 동충하초, 상황버섯에 관련된 이야기부터 뽕나무 열매인 오디를 직접 따서 맛보았다. 또한 산뽕나무 옆에 서 있는 황벽나무 수피(나무껍질)와 굴참나무 수피를 직접 만지고 비교해 보게 하였다. 도깨비가 가장 무서워한다는 개암나무 열매도 직접 본 뒤에 개울가로 내려가 탁족을 즐겼다.

10여 분간 등줄기에서 흐르던 땀을 식히고 난 후 출발지점에서 해설을 마감하면 2시간 정도가 소요된다. 해설을 마친 후 산림문화 휴양관 입구에 있는 매점에서 시원한 물을 한 컵 마신 후 점심을 먹으려고 식당으로 가려는데 해설에 참여했던 사람 중의 한 사람이 나에게 다가와 물었다.

"혹시 고향이 밀양 아닙니까?"
"그렇습니다"
"그럼 혹시 OO중학교를 졸업하지 않았습니까?"
"맞습니다."

그랬더니, 나 OOO인데 모르겠냐고 물어왔다. 자세히 보니 중학교 동창인 OOO이 분명했다. 정말 반가웠다. 아마 30여 년 만이었을 것이다. 중학교 졸업 후 각자 자기의 길을 가다 보니 한 번도 만날 기회가 없었다. 내 친구는 해설 중간 지점에서 나를 확실하게 알아보았다고 했다. 나의 말투에서, 내가 입고 있는 조끼에 달린 이름표를 보고 더 확실히 알았다고 했다. 나를 확인하고서도 해설 활동에 방해가 될까봐 끝날 때까지 기다렸다고 했다. 해설 시작하기 전에 참나리 열매 번식에 관해 질문했던 그 사람이 내 친구였다. 반가움으로 그동안 지내왔던 간단한 안부와 일상적인 얘기를 나눈 후, 다시 만날 것을 약속하고서 명함을 교환한 후 헤어졌다.

친구를 보내고 오후 일정을 준비하면서 참나리에 대하여 도감을 찾아 다시 한번 확인하였다. 그런데 아뿔싸, 참나리는 열매를 맺기는 하나 발아되지 않고, 줄기와 잎 사이에 있는 주아(珠芽)로 번식하는 특징을 갖고 있었다. 이날 이후로 참나리의 식생, 번식에 대해서는 확실하게 알게 되었다. 내 친구가 다시 휴양림을 찾게 되면 정정해서 정확하게 알려주어야겠다고 생각했다. 그 이후부터는 다시 한번 이 말을 마음속에 되새기면서 숲해설에 임하게 되었다. "모르면 모른다고 하는 것이 진정 아는 것이다." [16)]

숲해설을 하다 보니 이렇듯 옛 친구도 만나게 되었다. 오래

전 헤어진 친구이기에 그 친구가 어떤 인생을 살아왔는지, 그리고 내가 어떤 인생을 살아왔는지 서로 알지 못하고 그 삶을 다 이해하지는 못하지만 어린 시절 함께 지낸 고향 친구이기에 그의 무사함이 반가웠고, 세월이 지나 할아버지가 되어 손녀의 손을 잡고 나타난 친구가 새롭게 보이기도 했다. 그 친구에게도 내가 그렇게 보였을 것이다. 세월의 무상함도 느꼈고 같은 하늘 아래 어디선가 열심히 살아왔을 나의 친구에 대한 반가움도 이루 말로 다 할 수 없었다. 고향 친구 덕분에 잠시 어린 시절 향수를 음미해보는 시간이 되었다. 친구야, 건강해라. 우리 다시 한번 만나자.

이야기 숲에서
놀자

　서울의 남산 초등학교 전교생 120여 명을 대상으로 휴양림 체험 프로그램을 진행한 적이 있었다. 숲해설가와 함께하는 숲 체험과 나무 곤충 만들기, 풀피리 불어보기, 숲속 음악회 감상하기 등을 주 내용으로 하는 종합적인 프로그램을 진행하였다. 프로그램에 참여한 학생들은 한결같이 수동적으로 하는 놀이보다 직접 참여하고 함께하는 것을 너무나 좋아했다.

　나무 곤충을 목걸이로 만들어서 목에 걸고는 자랑스러워했다. 아이들은 생전 처음 풀잎을 따서 풀피리를 만들어 보았는데, 그 소리를 듣자 놀라움을 감추지 못했다. 신기하다며 계속해달라고 조르기도 하였다. 아이들은 새로운 것에 열심히 도전하는 모습이었다. 다래 덩굴을 가지고 타잔 놀이를 했을 때는 아이들이 정말 좋아했다. 어린이 프로그램이 있을 때마다 타잔 놀이를 해보면 늘 인기가 많다! 아이들이 정말 즐거워하는 놀이이다. 아이들이 즐겁고 환하게 웃음 짓는 모습을 보고 있으니 나의 마음도 행복감으로 가득 찼다.

　도토리 6형제 이야기와 참나무의 나무 이름에 얽힌 유래에 대하여 이야기를 해 줄 때 맑은 눈을 반짝이며 귀 기울이는 모습은 정말 오래 기억에 남았다. 참나무에 얽힌 이야기를 함께 들어보자.

"참나무는 수많은 도토리 열매를 맺어 사람과 동물에게 먹을 것을 제공한다. 또한, 목재로서의 쓰임새가 뛰어나 진짜 나무라는 뜻으로 참나무라 불린다. 실제로 수목도감에서 참나무 속(屬)이나 참나무과라는 말은 있어도 참나무라는 나무는 존재하지 않는다. 도토리 열매를 맺는 나무를 통칭하여 참나무라고 한다. 이에는 굴참나무, 상수리나무, 졸참나무, 갈참나무, 신갈나무, 떡갈나무 등의 6가지 종류가 있다. 굴참나무와 상수리나무는 잎이 좁고 긴 타원형이며 가장자리에 침 같은 톱니가 있다. 굴참나무의 잎 뒷면은 희끗희끗한 회백색이고, 상수리나무의 뒷면은 연한 녹색이다. 굴참나무와 상수리나무는 올해 꽃이 피고 내년에 열매가 맺힌다. 다른 참나무들은 꽃이 핀 바로 그 해에 열매를 맺는다.

졸참나무는 참나무 중에서 잎이 가장 작은 졸병 참나무로 잎은 달걀 모양이고 가장자리에 톱니가 있다. 갈참나무는 잎이 크며 잎자루가 있고 가장자리가 뾰족하다. 신갈나무와 떡갈나무는 둘 다 잎이 크고 잎자루가 없다. 신갈나무는 잎의 크기가 어른 손바닥만 하고 두껍지 않으며 뒷면에 털이 없는 반면, 떡갈나무는 잎이 크고 두꺼우며 잎의 뒷면에 짧은 갈색털이 융단처럼 깔려 있다.

신갈나무는 옛날 산에서 나무를 할 때 짚신 밑에 잎을 깔아 짚신이 쉽게 헤지지 않게 했다고 해서 신갈나무란 이름이 붙여졌다. 떡갈나무는 떡을 찔 때 크고 두꺼운 잎을 사용했기에 떡갈나무라고 불리게 되었다.

굴참나무는 껍질이 코르크 성질의 굴피로 싸여 있다. 굴참나무 껍질로 지은 집을 굴피집이라 하여 예전에는 산촌 마을에서 흔히 볼 수 있었다. 하나, 굴피집은 굴피나무 껍질로 지은 집이 아니다. 굴피나무에는 코르크 성질의 굴피가 없다. 상수리나무에서 나는 도토리 열매로 묵을 쑤어 임금님의 수라상에 올렸다고 해서 수라상, 상수라 등이 변해서 상수리나무라는 이름이 되었다." [17]

이런 활동들은 아이들 속에 있는 열정을 재미라는 요소를 통해 끌어내 주었다. 아이들에게 보다 더 많은 체험과 감동을 줄 수 있는 프로그램을 개발하고 진행해야겠다는 생각을 하게 된 계기가 되었다.

이날 진행한 프로그램의 제목이 '이야기 숲에서 놀자'였다. 나는 같은 제목으로 숲해설 10여 년의 경험담을 담아, '시와 함께 하는 숲해설, 이야기 숲에서 놀자'를 단행본 책자로 발간하였다. 어른들도 함께 볼 수 있도록 나름의 숲해설 경험을 시와 접목시켜보고자 한 나 자신의 작은 소망이 담긴 책자이다.

나는 어릴 때 시골에서 살았기 때문에 자연과 함께 할 수 있는 시간이 많았다. 소를 먹이러 다니며, 혹은 소 먹일 풀을 뜯으러 다니며 산과 강과 하늘을 만나는 것은 자연스럽게 숲체험이 되었다. 풀피리를 불거나 진달래 꽃잎을 따서 입에 물고 다니던 경험들은 아직도 내 마음속에 아름답고 평화로운 어린 시절 추억의 한 페이지다. 나는 지금도 내가 어린 시절에 자연을 벗 삼아 생활했던 것을 감사히 생각하고 있다.

요즘 아이들에게는 이런 추억이 아마 거의 없을 것이다. 참 안타깝다. 숲체험을 하려면 숙박비를 내거나 참가비를 지불하고 시간을 들이고 마음을 먹어야 하는 것이 현실이다. 숲체험을 와서 너무 좋아하는 아이들을 보니 안쓰러운 마음도 들었다. 공부와 학원과 부모의 잔소리를 떠나 자연을 헤집고 다니며 친구들과 이곳저곳을 가리키며, 보이는 것에 관해 이야기를 나누는 모습이 행복해 보였다.

우리는 이 아이들이 어떤 성인들로 자라주기를 바라고 있는가를 생각해보게 되었다. 대부분 학업을 이유로 아이들은 도시에서 살고 있다. 학교를 다녀와 다시 학교에서의 보낸 만큼의 시간을 학원에서 보낸다. 해가 지면 부모들과 함께 집에 들어와 저녁을 먹고 공부를 하거나 동영상을 보거나 게임을 하며 시간을 보낼 것이다. 이런 날이 매일매일 반복된다면 그들 자신은 익숙해져서 스스로 알아차리지 못하겠지만 정서적으로 메마르게 되고 다른 사람과 공감하거나 소통하는 능력이 약해질 수밖에 없다.

이런 현실을 어떻게 바꿀 수 있을까? 무엇인가 근본적으로 바꾸기에는 너무 많은 시간이 흘렀고, 그 사이 시스템은 굳어져 왔다. 주말에 한 번씩이라도 이렇게 숲으로 나와 자연과 소통하며 가족, 혹은 친구와 아름다운 추억을 쌓는다면 이 아이들이 조금은 숨을 쉬고 새로운 것을 접하는 여유를 갖게 되지 않을까? 숲해설가로서 내가 우리의 꿈나무들을 위해 할 수 있는 일이고, 아직 내가 이렇게 유용한 역할을 할 수 있으니 다행이라 여겨진다.

군부대 적응
프로그램

　군인이 많이 주둔하고 있는 지역인 철원의 복주산자연휴양림에서 근무할 당시 군단장을 위시한 참모들 20여 명을 대상으로 숲해설을 한 경험이 있다. 인근 부대에 근무하는 장교들이 숲해설을 요청해 왔으니 내가 나가서 진행해 주면 좋겠다는 휴양림 팀장의 요청이 있었다. 평소와 다르지 않게 생각하고 그들을 맞이하였다. 일반인들에게 하듯이 숲해설을 진행하였다.

　그런데 해설을 진행하면서 여러 가지 질문을 던지는데, 그냥 해설을 들으려고 온 게 아닌 것 같은 느낌이 들었다. 이 프로그램을 다른 어떤 곳에 적용할 생각을 가지고 있는 것 같았다. 숲해설을 마무리할 시점에 그중 한 분이 부대에서 적응하기 어려운 병사들을 대상으로 하는 프로그램도 진행할 수 있는지 물어왔다. 나는 전문적인 프로그램은 아닐지라도 숲해설 프로그램에 정기적으로 참여하면 정서적인 면에 있어 분명히 도움을 줄 수 있을 것이라는 답변을 드렸다. 나한테 질문을 한 분은 인근 부대의 군단장이었다. 해설을 마치고 나에게 고맙다는 인사를 해주었다.

군부대에서의 숲체험 요청은 나에게도 아주 새로운 경험이었다. 요즘엔 군인들도 어린 시절부터 개인을 존중하는 문화 속에서 교육을 받고 자라온 사람들이다. 각 가정에 아이가 한둘 있는 집도 많은데, 그 속에서 사랑받고 귀하게 자라다 갑자기 가족과 단절된 상태에서 단체생활에 돌입해야 한다고 생각해 보라. 그 과정에서 작든 크든 누구에게나 심리적인 어려움이 있을 수 있다.

군대와 같은 단체생활에서 개인의 개성을 존중받는 것은 힘들다는 것 쯤은 누구나 다 아는 사실이다. 20대 초반의 군 장병들일 경우 이제 막 고등학교를 졸업하고 군대에 들어오는 것인데 갑자기 맞닥뜨린 '문화충격'이 얼마나 낯설게 다가오겠는가? 그것은 우리의 자녀들의 경우만 생각해 봐도 이해가 된다. 그들이 겪을 어려움이 공감될 수밖에 없는 부분이다.

문제는 우리의 아들들이 이 군대의 문화를 인정하고 받아들일 정서적인 준비가 되어 있느냐 하는 것이다. 정서적으로 어느 정도 유연성이 있고, 실패의 경험도 있는 아이들이라면 한결 견디기 쉬운 군 생활일 수 있겠으나, 칭찬만 받고, 실패를 경험한 적 없이 살아온 경우라면 군대라는 새로운 문화와 여러 인간관계, 그리고 육체적인 피로감까지 더해져 적응하지 못하고 급격한 우울증이나 그 외의 다양한 정신적인 문제들로 표출될 수 있다.

군대에서 이러한 문제들을 방치하면 탈영이나 자살 같은 불행한 일로 이어질 수 있기 때문에 미연에 방지하는 것이 이 시대의 군대가 안고 있는 또 다른 숙제이다. 군 당국은 이러한 사실을 인정하고 우리의 소중한 국가의 전력인 사병들의 심리적인 문제들을 세심하게 돌보아야 할 필요가 있다.

숲체험은 정서적인 문제를 겪고 있는 사람들에게 의학이 채우지 못하는 부분을 자연적인 방법을 통해 채워줄 수 있다. 군대 부적응 병사뿐만 아니라 힘든 현대인들을 비롯한 사회의 여러 분야에 도움이 되리라고 본다. 앞으로도 사회와 소통하고 공감하는 숲해설가들이 이런 역할을 감당할 수 있기를 바란다.

치유의
숲에서

　산음자연휴양림 숲속 수련관에서 산림청과 가톨릭대 공동 연구 프로젝트인 치유의 프로그램이 환우들에게 어떠한 영향을 주는지에 대한 활동이 일주일간 진행된 적이 있다. 병원에서 치료의 과정을 마치고 회복기에 있는 환우 20여 명이 참석한 프로그램이었다. 나는 그 프로그램에 참여하여 숲해설 2시간과 숲체험활동으로 나무 목걸이 만들기 2시간을 맡아 진행하였다.

　숲해설 진행 중 나무의 특성과 이름에 따른 유래를 설명하고 대상의 나무에 대한 시를 낭송했다. '개암나무 향 그윽한 헤이즐넛을 마시는 저녁'이라는 고은영 시인의 시였다.

개암나무 향 그윽한 헤이즐넛 마시는 저녁

고은영

우리는 멀어져 가고 있다.

조금씩 아주 천천히...

개미의 보폭만큼 TV를 켜는 순간만큼 들숨의 순

간만큼

순간과 순간들이 모여 완성돼 가는 분침과 시침

우리는 조금씩 멀어져 가고 있다

사람들은 누구나

가슴에 뜨거운 불씨 하나씩은 가지고 산다

보잘것없이 표류하는 신의 악보 속에

사랑을 위해 목숨을 걸겠다는 맹세는

날조된 문서처럼 허공을 치고 마는 추억들

삶은 배롱나무처럼 미끄럽고 휘어진 가지

당신과 나의 거리가 점점 멀어져 가는 것을 탓할

수는 없다

헤이즐넛은 향기가 없다

단지 개암나무 향을 입힌 것이다

시간의 틀에 갇혀 하루를 종종거리다

7월이 나부끼는 창가에

개암나무 향 그윽한 헤이즐넛을 마시는 저녁

조금씩 멀어지는 계절만큼

조금씩 멀어지는 마음만큼

우리가 멀어져가는 것들에 안녕을 고할 때조차

우리의 멀어짐을 수용하는 생각들은 언제나 섭섭

하다

중독은 항상 뜨거운 열기로 끓고 있지만

세월의 속성 안에 엷어져 가는 인연의 끈을 탓할

수는 없다 [18]

시 낭송을 마치고 보니 시를 듣고서 돌아서서 눈물을 훔치는
몇 명의 환우들이 있었다. 어떠한 시구절이 그들의 가슴에 응
어리진 감정을 눈물로 닦아내게 했을까....... 일상의 그리움
에 대한 것이었을까? 흘러가는 시간과 멀어져가는 인연에 대

한 안타까움이었을까? 나는 알 수가 없다. 그러나 숲속에서 듣는 아름다운 시 한 편에 그들의 마음이 부드러워지고 병상에서의 우울함을 흘려보내도록 반응할 수 있는 긍정적인 자극이 된 것임에는 틀림이 없었다.

나무 목걸이 프로그램을 진행할 때에는 2개 정도를 집중해서 완성할 수 있는 시간이 주어졌다. 그러한데도 참여한 분들 중에서 연세가 있으신 어르신들이 꼭 몇 개를 더 만들고 싶다며 고집을 부리셨다. 뭔가 꼭 필요한 이유가 있는 것 같아 무엇 때문에 그러는지 조심스럽게 물어보았다. 이 나무 목걸이가 너무 예뻐서 손주들한테 만들어 주고 싶어 그런다고 하셨다. 쉽지만은 않은 작업인데 자신들이 환우라는 사실도 잠시 잊고, 힘들 수도 있는 이 작업을 손주들을 생각하며 더 하고 싶다고 한 것이다. 그 마음에는 과연 어떠한 변화들이 있었던 것일까? 아프기 이전의 일상생활에 대한 소중함, 그리운 가족들에게로 빨리 돌아가고픈 그들의 소망이 반영된 행동이 아니었을까? 그들이 빨리 회복되기를 간절히 바라면서 프로그램을 마무리했다.

건강하게 일상의 삶을 살고 있는 나 자신은 세상에서 가장 행복한 사람이라는 생각을 하게 된 하루였다. 우리는 일상 속에서 지금의 이 순간들이 얼마나 소중한지를 가끔씩 잊고 산다. 그러고 보면 건강은 자랑할 수 없는 것 중의 하나인 것 같다. 눈코 뜰 새 없이 바쁘게 몰아치는 일이 있으면 잠시라도 병원에 입원하고 싶다는 말을 생각 없이 내뱉는 사람을 보았다. 무슨 마음인지는 이해가 가지만 조금만 더 생각해보면 정말 해서는 안 될 말이다.

가끔씩 병원에 가보면 아픈 사람들이 왜 그렇게 많은지 깜짝 놀란다. 그러나 어느 누가 본인이 원해서 입원하는 사람들이 있겠는가? 나도 잠깐 입원한 적이 있지만, 정말 전혀 인식도 못 했고 원하지도 않았다. 조금씩 진행되는 병은 한 번에 증상이 나타나지 않으니 그러려니 했었다. 간단한 시술이었지만 조금은 놀랬고, 긴장도 되었던 기억이 난다. 다행히 모든 것이 무사히 끝났지만, 갑자기 병원복을 입고 침대에 누워있으니 더 아픈 사람이 되는 것 같았다. 운동량도 줄어들고 그러니 자연히 입맛도 없어져서 식사량도 줄어들게 되었다. 어쩔 수 없이 병원에 있어야 하는 시간이었지만 하루라도 빨리 일상생활을 하고 싶었다.

나 같은 경우야, 빨리 병원에서 나올 수 있는 상황이었지만, 오랜 지병을 앓는 사람들에게는 병원에서의 삶이 얼마나 힘이 들겠는가? 언제 끝날지 모르는 긴 터널을 혼자서 버티며 걸어

가야 하는 외로움과 일상생활로 돌아가고픈 작은 소망이 내 안에서 서로 싸우고 있을지도 모를 일이다. 하루에도 감정이 수십 번 오르락내리락할 수밖에 없다. 이렇게 갑작스러운 지병으로 환자복을 입을 수밖에 없었던 사람들에게 공기가 좋고 한적한 휴양림에서의 숲체험은 의료적인 처치 이상으로 그들에게 힘이 되고 회복을 주는 시간이 될 수 있다고 확신한다.

몸에 무리가 되지 않을 정도의 기분 좋은 가벼운 산책, 그리고 감성을 일깨우는 여러 가지 체험들, 병원에서 보내는 일상이 아닌 새로운 환경에서 보내는 상쾌한 하루가 그들에게는 주위를 환기시켜 자신 안에 묵혀두었던 감정의 찌꺼기들을 털어내고 다시금 희망을 품게 되는 중요한 역할을 할 수 있지 않겠는가? 우리에게 가장 소중한 건강을 지키기 위해 주말에 숲체험 계획이라도 세워보길 추천한다.

산음 휴양림, 해설 마치고

엄마,
나 남산에서 살고 싶어요

　숲해설을 듣고 마음 따뜻해지는 소감문을 보내온 참가자가 있어서 소개하고자 한다.

　　하필이면 전날 크게 내린 비에 행여 숲속 여행을 못할까 봐
　　노심초사하는 아이한테 내일 못 가면 다음에 기회가 있을
　　거라고 하면서도, 이 가을 아침 가벼운 산책을 겸한 숲속
　　여행에 나 자신도 조금은 설레 있었다.
　　새벽녘에 일어나 창을 여니 약해지긴 했지만, 여전히 가는
　　빗줄기가 선뜻 시원스런 하늘을 내어줄 기색은 아니었다.
　　하지만 우산을 쓰고서라도 기어이 가겠다는 아이의 말에
　　두 시간 정도라니까 한번 가보자며 집을 나섰다.
　　식물원 앞에 도착했을 때는 다행히 오후나 되어서야 그친

다던 빗줄기가 멈춰 있었다. 낮게 내려앉은 하늘에 사방이 촉촉이 습기를 머금은 날, 남산 숲속 여행을 즐기기에는 더 없이 완벽한 날이었다. 여러 명의 숲해설가와 자원봉사자들이 모여든 반면, 100여 명이 산행을 예약했다는데 흐린 날씨 탓인지 신청한 사람들은 좀처럼 나타나지 않았다.

요즘 같은 세상에 일요일 아침 편히 쉴 수 있는 시간을 봉사하겠다고 나서신 분들에게 민망함이 앞서, 조금 늦는다고 연락이 온 언니네 가족이 원망스럽기까지 했다. 모여든 사람보다 많은 숲해설가와 자원봉사자들은 그래도 사랑하는 산에 왔으니 별 불만이 없다는 듯 겨우 모인 30여 명 남짓 되어 보이는 인원을 소그룹으로 나눠 숲속 여행을 시작했다.

「살아 천 년, 죽어 천 년」이라는 식물원 앞 주목에서 이야기를 시작한 우리 팀의 숲해설가 김경녀 씨는 열매를 먹을 수는 없지만 예쁜 꽃을 피운다 해서 '꽃사과'라는 이름이 붙었다면서 아이의 손에 빨갛고 작은 꽃사과 열매를 쥐여주며 두 시간의 여행을 시작했다.

식물원 안에 있는 작은 식물에서부터 봉수대에 오르는 길에 있는 나무들의 특성과 역사, 신화와 연결된 이야기에 이르기까지 아이들의 눈높이에 맞추어 너무나 재밌고 알기 쉽게 풀이를 해주었다.

5월이 되면 코끝을 행복하게 해주는 내가 가장 좋아하는 라일락이 '수수꽃다리'라는 예쁜 이름을 가진 우리 토종나무라는 것이며, 무궁화가 우리나라 국화이지만 원산지는 한국이 아니라는 것, 벚꽃이 일본 사람들에게 특별한 나무이긴 하지만 국화로 제정된 적은 없다는 것, 그리고 남산에서 소나무가 점점 설 자리를 잃어가고 있는 것은 지독한 번식력을 가진 아까시나무 탓이 아니라 자연스러운 생태계 경쟁의 결과로 볼 수밖에 없다는 것 등등 짧은 두 시간의 여행이었다고 보기에는 너무나 많은 것을 알고 느끼게 해주었다.

"엄마, 나 남산에서 살고 싶어요!"

두 시간 남짓 남산 숲속 여행을 하고 나서 8살짜리 딸아이가 하는 말이다.

올림픽대로를 지나며 언제나 바라보던 남산타워가 있는 산, 겨울이면 근처 호텔의 크리스마스 장식이 예쁘다며 들를 때 지나치는 남산, 날씨가 희뿌연 날에는 오늘은 남산도 안 보인다고 하면서 나도 모르게 이름을 들먹이던 산이지만, 그 산은 그곳에 있었을 뿐 나에게 아무것도 아니었다.

그냥 흐린 날 산행을 하였다면 숲 공기가 참 좋았다 하는 정도의 감흥에 그쳤을 것을, 그 속의 생물에 관해 설명을 듣고 그것을 바라보았을 때 남산은 그냥 그곳에 있어 우리가 오르는 산이 아니었다.

남산의 높이가 어떻게 되고, 남산에 사는 식물의 표본이 몇 종이며, 그것의 중요성이 어떻다는 전문적인 이야기까지 모두 기억하지는 못한다 해도 남산에 가면 남산에만 있는 남산 제비꽃을 볼 수 있으며, 날쌘 다람쥐를 만날 수도 있고, 봉화를 피우던 봉수대와 성벽의 모습까지 남아 있다는 것을 우리 아이의 마음속에 남겨 줄 수 있었다.

이제 다른 산을 바라보고 숲을 걸을 때도 그 느낌은 다를 것이다. 그 속에 생명이 있다는 것을 알았으니까.

'자연은 아는 만큼 볼 수 있고, 볼 수 있는 만큼 사랑할 수 있다.'는 말을 우리는 짧고 아쉬운 두 시간의 여행에서 체험했다. 가까이 있으면서도 보지 못하고 알지 못했던 산을 바로 알게 해주는 숲해설가들의 노력과 수고에 참으로 감사하고 싶을 따름이었다. 돌아오는 길에 '꽃기린'이라는 귀여운 이름의 조그만 선인장 화분을 사 가지고 즐거워하며 다음 주에는 어느 산을 갈 거냐면서 들떠 하는 아이의 모습에 가슴 뿌듯했다. [19]

숲해설가로서 참가자들의 이런 반응을 볼 때 큰 보람을 느낀다. 그렇다. 숲은 생명이다. 평소에는 그냥 그 자리에 서 있던 산이고, 늘 보던 숲이지만 그 속으로 들어가 직접 보고, 듣고, 만져보면 이젠 더 이상 그냥 그 자리에 있던, 무심코 그냥 지나치던 산이 될 수 없다. 그 안에서 모든 생태계가 어우러져 생명의 열정을 뿜어내고 있기 때문이다. 참가자들이 경험한 것은 단순한 학습적인 체험이 아니다. 그들은 생명의 기운을 체험한 것이다. 우리가 지켜야 하며 우리가 가꾸어 가야 할 생명이 가득한 곳이 바로 숲이다.

성인들뿐만 아니라 특히 아이들에게 이런 체험이 얼마나 큰 영향을 미치는지 생각하면 내 마음은 자부심으로 가득 찬다. 이런 어린 자녀들이 있다면 매주, 혹은 시간이 될 때마다 숲에 데리고 나갈 것을 추천한다. 평소엔 아이들이 아무 생각이 없고 게임에만 관심이 있는 것 같지만 숲에 가서 체험 프로그램 등에 참여하고 나면 아이들의 생각이 크게 열리고 자연과 함께 살아가는 인간에 대해 체험적으로 알게 된다. 아이들은 자연에서 더 크게 배운다. 책상에서 책으로만 보던 것을 실제로 오감을 통해 체험하는 것은, 흑백 사진으로 보던 세계를 총천연색 칼라 TV로 영상을 보는 것과 같다고 할 수 있다. 식물과 동물, 곤충들에 대해 알아가고 교감하면서 생각이 열린다. 사물의 이

치도 깨닫는다. 지식적으로 그리고 정서적으로 더 많은 것을 받아들이고 포용할 수 있는 준비가 된다. 이런 생각을 바탕으로 한국숲해설가협회에는 '유아숲학교', 청소년을 위한 '그린스쿨' 등의 과정이 준비되어 있다. 누구나 마음만 먹으면 참여할 수 있다.

숲은 사람에게 마음의 평안과 안식을 주는 편안한 집이며, 생명의 소중함과 더불어 살아가는 지혜를 가르치는 살아있는 학교이다. 또한, 뭇 생명을 숨 쉬게 하고, 싹을 틔우며 자라고 열매 맺게 하는 어머니이다. '숲학교'는 우리가 무심결에 지나 쳤던 대지와 바람, 나무와 꽃, 이름 없는 풀벌레를 통해 숲을 다시 만나고 소통하며 품에 안는 과정이다. [20]

코로나19
자가격리 장소

우리 국민들뿐만 아니라 전 인류를 고통에 빠트린 사건이 2020년에 일어났다. 바로 코로나19라는 전염병이이다. 이제 서서히 예방백신을 접종하는 초기 단계로 들어섰지만 우리는 지금까지 겪어보지 못한 너무나 큰 타격을 입었고, 아직도 끝나지 않은 밤을 지나가고 있다. 이 과정에서 너무나 많은 의료진들과 공무원들이 희생하고 있다. 그들도 가정이 있고, 우리와 똑같은 두려움이 있을 텐데도 정말 큰 용기로 맞서며 잘 버텨주고 있는 것에 대해 진심으로 고마운 마음이 든다.

코로나19 의심 환자를 구급차로 이송하고, 그 환자가 양성 판정을 받을 경우, 구급차에서 이송을 담당한 소방관은 검사 후 음성반응의 결과가 나올 때까지 지정된 장소에서 격리 생활을 해야 하는데 이렇게 업무 과정 중에 확진자를 접촉한 공무원들을 격리하는 장소를 국가와 지방자치단체에서 지원하고 있다. 보건소 직원의 경우도 이에 해당한다. 자가 격리를 위하여, 가정으로도 돌아갈 수 없고, 직장으로도 바로 복귀할 수 없을 때 임시로 며칠간 격리 장소를 지정해서 그곳에서 기거할 수 있도록 하는 제도이다.

지자체의 경우는 대부분 관내에 있는 자연휴양림을 활용하는 경우가 많다. 자연휴양림은 입지 자체가 도시와 떨어진 깊은 산속에 있기 때문에 외부와의 접촉을 최소화할 수 있다는 장점이 있다. 숙소의 방 한 칸을 지정하여 검사 결과가 음성으로 나올 때까지 누구와도 접촉하지 않도록 관리하고 있다. 식사는 비대면 형태로 문 앞에다 두고 가는 방식으로 제공된다.

내가 근무하고 있는 휴양림도 지방자치단체에서 자가 격리 장소로 지정되어 운영되고 있다. 휴양림 전체가 아니고 문화휴양관 한 개 동을 지정하여 운영하고 있다. 시청 소속의 소방관들이나 보건소 직원들을 대상으로 필요한 경우에 한하여 사용되고 있다. 그들이 머무는 시간은 대게 하루나 이틀 정도이다. 휴양림 내에서도 자가격리자들은 중앙 통로를 이용하고 우리는 측면 통로를 이용하여 출입하고 있기 때문에 서로 마주칠 일도 없고 동선이 겹치는 경우도 거의 없다. 자가격리 장소로는 최적의 시설인 셈이다.

국가나 지방자치단체의 이런 특별한 요구가 있을 때 국민을 위해 유용하게 사용될 수 있는 시설이 있다는 것이 참 다행이라는 생각이 들었다. 뜻하지 않은 어려움에 처해 이곳에 머물게 된 그들 또한 가정과 직장에 대한 걱정은 잠시 접어두고 마음 편하게 지내다 갈 수 있는 곳이 있다는 것에 대해 얼마나 안도할까? 업무상 접촉자들을 잠깐이라도 휴양림에서 좋은 공기를 마시며 피곤했던 몸을 쉬게 하는 아이디어는 정말 기발하다고 생각했다. 국가적으로 잘 관리해온 휴양림이 기능적으로 빛을 발하는 순간이었다.

코로나 19로 인하여 평범한 일상생활들이 위축되고, 사람들을 마음대로 만날 수 없는 생활에 점점 익숙해져 가고 있다. 하지만 기저질환이 없고 평소에 건강했던 사람들은 대부분 이를 잘 극복하는 모습을 본다. 물론 개인위생 관리는 경각심을 가지고 철저히 대비해야 하겠지만 그저 막연한 두려움을 갖고 공포에 떨고만 있어야 할 이유는 없다고 본다.

너무 겁먹지 말고 효과적으로 이 상황에 대처할 방법을 강구하고 도출해 내야 할 것이다. 이제 코로나 19 이전의 생활로 돌아간다는 것은 상상하기 어려울 것이다. 현재 상황 속에서 현명하게 대처하고 효율적으로 살아가는 방법을 찾아야 할 것이다. 예방 백신이 속히 보급되어 전염병의 두려움에서 벗어나는 날이 하루빨리 왔으면 좋겠다.

미래의
숲해설가의 모습

지구 온난화는 인류 세계의 산업화에 따른 것으로 육지의 숲이 파괴되어 나무가 줄어들고 바닷속에서는 산호초가 줄어드는 것으로 인해 온난화 현상이 심해진다는 보고가 있지만 아직 과학적인 원인이 명확하게 밝혀지지 않고 있다고 한다. 다만 대표적인 온실기체인 이산화탄소가 많아지면 오존층의 사이가 벌어져 오존층에 구멍이 나게 되고 그 틈으로 햇빛이 오존층에서 걸러지지 않고 바로 들어와서 지구가 뜨거워지는 현상이라는 의견이 지배적이다.

이로 인해 생기는 자외선이 사람의 피부를 상하게 한다는 이야기는 많이 들어보았을 것이다. 더 심각한 문제는 생태계가 파괴된다는 점이다. 비가 내리지 않아 식물들이 말라 죽으면 풀을 먹는 초식동물들이 식량이 모자라 개체 수가 줄어들게 되고, 그 결과 육식동물도 먹을 것이 부족하게 되어 멸종 위기를 맞게 되는 일들이 생긴다. 결국, 이 모든 것이 인간의 식량난 문제의 원인이 될 수 있으며 인간의 생명까지 위협받을 수 있다.

온난화는 날씨의 변화에서 확연히 드러나기도 한다. 지구가 더워지면 수증기량이 증가하면서 평균 강수량이 늘어나고, 북극지방의 빙하까지 녹는다. 현재까지도 해수면이 조금씩 높아지고 있다. 이러한 현상은 섬이나 해수면에 사는 사람들에게는 큰 위협으로 다가온다. 사람이 살아갈 땅을 잃게 될 수 있다는 의미이다. 벌써 북극 동물들이 살 곳이 없어지고 있다는 소식은 매스컴을 통해 알려진 바이다. 우리나라를 지겹도록 괴롭히는 미세먼지는 또 어떠한가? 환경 파괴의 결과를 우리가 현재 몸으로 직접 겪고 있지 않은가? 환경이 우리에게 얼마나 중요한 문제인지는 이제 두말할 필요가 없을 정도이다. [21]

이런 생태계 파괴와 기후변화, 교통 발달에 따른 인적교류의 급증과 같은 현상들이 세계적인 감염병(코로나19)이 유행하게 만든 이유일 것이다. 최근 필리핀에서의 화산 폭발로 인한 대재앙, 호주에서 일어난 장기간의 산불, 중국발 코로나바이러스로 인한 세계적 전파 등은 자연이 우리 인간들에게 주는 경고로 받아들여야 할 것이다.

다행히도 많은 개인들과 환경단체들, 그리고 기업들이 에너지 절약 및 일회용품 줄이기나 차량 10부제 참여, 재활용품 사용 등 여러 가지 대안을 내놓고 실천하고 있다는 소식들이 들려온다. 숲해설가로서 참 반가운 소식이다. 거기에 한 가지를 더하자면 어찌하든지 나무를 많이 심고 가꾸는 일에 최선을 기울여야 한다는 것이다. 나무와 숲은 지구에 넘쳐나고 있는 이산화탄소를 흡수하는 장치로서 큰 효과가 있다.

생태계 파괴를 막고, 깨끗한 자연환경을 유지하기 위해서는 숲해설가들이 숲이라는 현장에서, 자라나는 우리의 아이들과 숲을 방문하는 성인들에게 질 높은 강의를 제공해야 할 필요가 있다. 숲을 사랑하고 지키고자 하는 마음을 고취시키고 교육하는 것도 환경을 지키는 중요한 방법이 될 수 있기 때문이다.

숲해설가의 작은 한 마디의 메시지와 외침은 결코 작은 것이 아니다. 환경 보호의 문제에 있어 중요한 역할을 수행할 수 있는 전문 인력으로서의 숲해설가의 모습이 기대된다. 개인적으로 미래의 숲해설에는 지구를 살릴 수 있는 메시지가 반드시 들어가 있어야 한다고 생각한다.

그런 면에서 숲해설가들의 역량은 중요한 문제이다. 숲해설가들을 새로이 양성할 뿐만 아니라 반복적인 재교육을 통해 변화되는 사회 환경에 발맞추어 갈 수 있도록 지원하는 제도가 생겨야 한다. 우리의 후손들에게 아름다운 숲과 깨끗한 환경을 유산으로 물려주는 데 기여하는 숲해설가들을 양성해야 할 것이다.

내가,
나에게

　‘당신에게 숲은 어떤 곳인가?’라고 누군가가 묻는다면 숲은 나에게 회복의 장소였다고 말하고 싶다. 내가 숲을 찾았을 때는 세상에 대한 배신감과 나 자신에 대한 절망감으로 몸과 마음이 피폐해져 있을 때였다. 마치 전쟁 뒤 황폐해졌던 우리나라의 산처럼 말이다. 아픈 상처를 가지고 쉴 곳을 찾았지만, 어디에도 숨을 곳이 없었다. 누구에게도 내보이고 싶지 않은 나의 마음을 말없이 조용히 보듬어줄 만한 곳이 없었다. 나는 그저 아무도 없는 곳에 들어가 가쁜 숨을 몰아쉬며 한 발자국 쉬어가고 싶었을 뿐이었는데 말이다.

　나는 그때 숲을 만났다. 나도 내가 이렇게 숲을 사랑하며 좋아하게 되리라고 생각하지는 않았다. 그저 늘 지나치던 곳이었고, 늘 거기 있던 곳이었기에 관심을 주지 못했다. 그러나 숲이라는 친구에게 다가가 그에 대해 알아가기 시작했을 때, 알면 알수록 친밀해졌다. 나는 거의 매일 숲으로 갔다. 숲은 말없이 나를 받아주었고 늘 편안한 안식처가 되어주었다. 어쩌면 사람 친구보다 더 편안했는지도 모른다. 사람은 나의 외적인 조건이나 나의 장단점을 가지고 평가할 수 있지만, 숲은 나를 평가하지 않고 있는 그대로 받아주었다. 숲속에 흐르는 시내를 아무 생각 없이 바라보고만 있어도 그저 좋았다. 숲을 위해 아무것도 하지 않았고, 나도 숲을 위해 무엇인가 한 것이 없는 것 같은데, 시간이 가면서 아픈 상처가 조금씩 아무는 느낌이었다.

언젠가 책에서 보았던 글이 생각난다. 스페인은 투우로 유명한 나라이다. 치열한 투우장에서 소들은 본능적으로 자신이 쉴 수 있는 작은 공간을 찾는다고 한다. 그것을 스페인어로 '쿼렌시아'라고 한단다. 원래는 '애정, 애착, 귀소본능'이라는 뜻이다. 소는 투우사와 싸우다 지치면 자신이 정한 그 장소로 가서 숨을 고르기도 하고 다시금 힘을 모은다고 한다. 쿼렌시아는 소에게 회복의 장소인 것이다. 그곳은 싸움에 지친 소에게 안전하고, 어떤 방해도 받지 않는 곳이다. 산양이나 순록이 두려움 없이 풀을 뜯는 곳이고, 독수리가 안심하고 둥지를 틀 수 있는 자신만의 보금자리이며, 곤충이 비를 피하는 나뭇잎 뒷면과

같은 곳이다. 모든 생물에게는 안전하고 평화로운 자신만의 작은 영역이 있다고 한다. [22)](#)

　인간에게도 마찬가지이지 않을까? 누구에게나 인생이 꽃길 같지만은 않다. 어렵고 힘든 길을 걸어가는 동안 지치거나 상처 입을 때가 있기 마련이다. 이럴 때 내가 나를 돌아볼 여유가 없으면 상처 입은 줄도 모르고 달려 나가 더 치명적인 상처를 입기도 한다. 그럴 때는 내가 쉴 수 있고, 나를 돌아볼 수 있는, 나 스스로 자신을 다시금 격려할 수 있는 그런 곳이 필요하다. 자기 회복의 시간이 필요한 것이다. 누군가에게는 몰입할 수 있는 취미생활이 될 수 있고, 어떤 이에게는 종교 생활이나 여행이 될 수도 있을 것이다. 또는 좋아하는 음악이나 나만 알고 있는 조용한 카페가 그런 곳이 될 수 있다.

　잠시 쏟아지는 소나기를 피할 수 있는 곳이면 된다. 여행 중에 피곤한 다리를 두드리며 잠깐 앉아 쉴 수 있는 벤치 같은 곳이면 족하다. 나에게는 숲이 그런 곳이었다. 숲에서는 모든 것이 용납되는 것 같았다. 인간의 존재를 그렇게 조건 없이, 편견 없이 받아주는 곳이 있을까? 나는 그곳에서 늘 편안함을 느낀다. 물고기가 바다에서 가장 자유롭듯이 나도 숲에 있을 때 자유롭다.

　이 글을 누군가가 읽고 있다면 나는 그에게 묻고 싶다. '당신에게는 인생의 쉼터가 있는가? 있다면 그것은 무엇인가?' 만약 아직도 없다면 지금 바로 찾아보라고 권하고 싶다. 인생을 살아보니 인생은 100m 달리기가 아니었다. 오히려 먼 길 떠나는 여행에 가깝다. 그러니 잠깐이라도 쉴 곳을 마련해두어야 한다. 투우장 같은 인생에서 피 흘리며 싸움만 하다 쓰러져서 후회하지는 말자. 내가 즐거워하는 것 하나쯤은 준비하자. 힘들 때 생각하면 미소 지을 수 있는 행복 하나 정도는 가지고 살자. 당신은 그래도 좋다. 생명을 가지고 있다면 누구나 그럴 자격은 있으니까 말이다.

산음 휴양림, 산림문화 휴양관 앞에서

산음 휴양림, 조병화 시인 시비 앞에서

제 7 장

현충탑

위패봉안관

매해 6월, 현충원에서는 호국보훈의 달이라고 정해서 나라를 위해서 순국한 분들에 대하여 추모하는 행사를 진행하곤 한다. 해마다 반복되는 행사이긴 하지만 나에게는 올해가 무척이나 뜻깊은 달이다. 한국 전쟁이 일어난 지 70년이 되는 해이고 전쟁 중에 전사한 막내 숙부님의 위패를 찾고 정정하여 바르게 모시게 되어서이다. 다른 많은 유가족에게도 그렇겠지만 현충원은 나에게도 특별한 곳이다. 서울 현충원은 막내 숙부님이 계신 곳이고, 대전 현충원은 나의 형님께서 잠들어 계신 곳이다.

국립서울현충원에는 일반인들에게 잘 알려지지 않는 곳이 있다. 한국 전쟁에서 전사한 전사자 중에서 시신을 수습하지 못한 약 10만 4천 위의 위패가 위패봉안관이라는 곳에 모셔져 있다. 현충탑 지하에 가면 1번부터 52번까지의 벽이 있고, 그 벽면에 위패만 모셔져 있는 곳이 있는데 그곳이 위패봉안관이다.

나의 숙부님은 23번 벽면의 세 번째 줄에 모셔져 있고 그 앞에는 수많은 돌 화병들이 놓여 있다. 나는 시간이 날 때마다 그곳을 찾아서 숙부님의 명패가 새겨진 돌 화병에 헌화하고 참배하곤 한다.

할머니의 막내아들인 나의 숙부님께서는 열여덟 살의 어린 나이로 한국 전쟁에 참전하여 전사하셨다. 할머니는 아들의 시신을 수습하지 못한 채 전사 통지서만 받게 되셨다고 한다. 한국 전쟁이 일어난 지 70여 년의 세월이 흐르고 난 지금에 와서 다시금 할머니를 생각나게 하는 일을 겪었다. 지금부터 그 이야기를 해보려고 한다.

국방부 유해발굴감식단, 유가족관리팀에서 유가족을 찾기 위한 시료 채취에 우연한 기회에 참여하게 되었다. 시료 채취 방법은 의외로 아주 간단하였다. 면봉으로 입안의 침을 묻혀서 별도의 비닐봉지에 보관하는 것이었다. 필요한 서류를 준비하는 과정에서, 행정기관인 동사무소에서 제적등본을 발급받아 여러 가지 인적 사항을 확인한 결과 숙부님의 전사 날짜, 전사한 전투지구 등을 알 수 있게 되었다. 서류를 국방부 유해발굴감식단에 제출하고서 여러 가지 의문점들을 발견할 수 있었다.

전사자 날짜와 전사한 전투지구가 기재되어 있다면 어딘가에 전사자 명부가 틀림없이 존재하고 있을 것이라는 생각이 들어 국방부 유해발굴감식단, 유가족관리팀을 방문하여, 전사자의 유해는 수습하지 못했을지라도, 전사자의 명부는 존재하고 있을 것이니 꼭 찾아달라고 간곡하게 부탁하였다. 자료만 제대로 검색할 수 있으면 쉽게 확인할 수 있을 것으로 생각했으나, 여러 가지 자료를 검색, 확인, 대조하는 과정을 여러 차례 반복하여도 쉽게 찾을 수가 없었다. 원호 관련 서류, 병적 관련 서류를 검색하고 자료를 확인하였으나 확실한 결과는 나오지 않았다.

　게다가 숙부님의 생년월일로 된 묘소에는 다른 사람의 이름이 적혀 있었다. 그의 유가족 명단에는 우리 집안에는 없는 사람의 이름이 기재되어 있었고, 주소도 존재하지 않는 동네의 이름이 적혀 있었다. 모든 게 뒤죽박죽 엉망진창으로 기재되어 있어서 너무 당혹스러웠다. 아무리 혼란스러운 전쟁 중이었다고 해도 이렇게까지 엉망일 줄은 몰랐다. 서운하기도 했지만, 한편으로는 전쟁 통의 다급함과 비참한 상황들이 그려져 마음이 아파왔다.

　국방부 유해발굴감식단, 유가족관리팀의 팀장은 몇 주 동안 여러 가지 서류를 대조하고 분석한 결과를 나에게 아래와 같이 통보해 주었다. 100% 확신할 수 없지만, 서울 현충원에 숙부님의 군번으로 안장된 위패가 있는데, 전사자의 이름이 잘못 기재된 것 같다고 알려주었다. 몇 가지 서류를 첨부하여 위패의 이름을 정정하는 것이 최선의 방법인 것 같다고 하였다. 그 소식을 들었을 때 얼마나 기쁘던지! 숙부님의 위패를 바로잡을 기회가 온 것이다. 할머니가 많이 생각났다. 할머니께서 이 소식을 들으셨으면 얼마나 기뻐하셨을까 생각하니 가슴이 뭉클해졌다.

한국 전쟁이 발발한 지 오랜 세월이 흘렀고 전쟁 중에 사망한 전사자들 중 10대의 어린 나이, 결혼도 하기 전에 전쟁터에 나간 사람들이 많았으니 그런 사람들 같은 경우는 직계 자손이 없어 잘못된 기록들을 정정하는 일들도 점점 줄어들게 된 것 같다. 나는 묘소 안장자가 표시된 증빙서류와 제적등본을 첨부하여 서울지방 병무청에다 고인의 인적 사항을 정정해 달라는 민원을 접수하였다.

민원 담당자는 본인이 직접 처리할 수 있는 사안은 아니라고 하면서, 관련 부처인 육군본부에 확인 후 처리사항을 통보해 주겠다고 했다. 국방부 유해발굴감식단, 유가족찾기팀에서 검색했던 여러 가지 자료들을 함께 제출한 결과인지는 몰라도, 며칠 후에 병적증명서에 숙부님의 성명이 제대로 기록되어 있는, 정정된 병적 증명서를 발급받을 수 있었다. 생각보다 빠르게 처리되었다. 계급, 군번, 성명과 함께 전사한 날짜까지 정확하게 일치되었다.

그다음엔 병무청에서 발급받은 병적증명서와 묘지 안장 서류, 제적등본을 첨부하여 국립서울현충원 민원실에다 위패 성명을 정정해 달라는 서류를 접수하였다. 아울러 위패 봉안 관련 절차를 문의한 결과 기존에 있는 위패의 정정에는 별도의 봉안식을 하지 않고 위패의 성명만 정정되고, 그 작업이 마무리되면 유가족에게 통보해 준다는 답변을 듣게 되었다.

일들이 마무리되고 나서, 어디서부터 이렇게 잘못되었는지는 몰라도 세상에 이런 일도 있나 하는 생각이 들었다. 존재하지도 않는 엉뚱한 사람의 이름으로 위패가 봉안되어 오랜 세월동안 지내왔다고 생각하니 가족의 일원으로서 진작에 챙기지 못한 데 대한 후회스러움과 죄송한 마음이 밀려왔다.

이제부터라도 할 수 있는 한 최선을 다해 추모하고 자주 찾아뵙도록 해야겠다. 그것만이 내가 숙부님을 위로할 수 있는 길일 것이다. 숙부님의 고귀한 희생이 있었기에 지금의 나는 이렇게 편안하게 살고 있지 않은가! 그 노고와 희생, 그리고 채꽃피우지도 못한 인생을 전쟁터에서 마감해야 했을 그의 한을 결코 잊지 말아야 할 것이다. 짧은 인생을 영원한 조국에 바친 숙부님의 희생이 헛되지 않게, 부끄럽지 않은 삶을 살아야겠다는 다짐을 하게 되었다. 오늘날 우리가 누리는 자유와 풍요로움은 절대로 공짜가 아니며 그분들의 고귀한 희생의 대가로 우리가 오늘을 편히 살 수 있는 것이라는 사실을 후손들에게 꼭 알려줘야 할 것이다.

지금도 6.25 전쟁으로 인해 아름다운 생명을 나라에 바친 분들의 시신을 찾지 못했거나 신원이 확인되지 않은 유골들이 7천 위가 넘는다고 한다. 희생자들의 가족들까지 합치면 전쟁으로 인해, 혹은 국민의 안전을 위해 희생하신 분들로 인해 아직도 슬픔을 안고 살아가는 분들의 범위는 더욱 클 것이다. 어마어마한 희생을 치르고 구한 나라가 바로 대한민국이라는 나라이다. 그들의 시신은 같은 하늘 그 어딘가에서 이미 흙으로 돌아갔을 테지만 수많은 분들의 희생이 자양분이 되어 이 나라가 큰 발전을 거듭해온 것이라 믿는다. 죽었으나 살아있는 그들의 희생이 이 나라와 함께 영원히 기억되길 바라본다.

할머니의
눈물

　내가 어렸을 적에 할머니께서는 가끔 잘 드시지도 못하는 술을 몇 잔 드시고는 불그레한 얼굴로 아무것도 모르는 어린 나에게 가슴 아픈 하소연을 하시곤 했었다. 그때는 그 이야기가 무엇을 말하는지도 몰랐다. 그저 할머니께서 사탕 몇 알을 건네주시면 그것을 받아들고 즐거워하곤 했었다. 그렇게 술을 드시고 오시는 날은 원호 증서를 가지고 밀양 읍내에 나가서 돈을 받아 오시는 날이었다. 지금 생각하니 그것이 유족연금이었던 것 같다. 그때 할머니의 하소연은 전쟁 통에 자식을 잃은 부모의 한 맺힌 소리였다. 나중에서야 안 사실이지만, 할머니는 전쟁 중에 전사한 숙부님의 유해도 찾지 못한 채, 전사 통지서 한 장만 달랑 전해 받았다고 하셨다.

　아들 잃은 여인에게 쥐어진 돈 몇 푼은 슬픔을 더하게 할 뿐 아무 위로도 되지 않았을 것이다. 누구에게 그 아픔을 전할 수 있었으랴? 누가 할머니의 마음속 깊이 한 맺힌 소리를 따뜻한 마음으로 공감해주었을까? 수천 번을 불렀을 그 어린 아들의 이름. 영원히 대답하지 않는 아들을 할머니는 얼마나 그리워하셨을까? 유해라도 찾았더라면 할머니께 조금이나마 위안이 되었을까? 드시지도 못하는 술 몇 잔으로 아픈 마음을 달래시던 할머니의 젖은 눈이 생각나면 나의 눈시울도 뜨거워진다.

나의 할머니께서는 외동아들인 할아버지와 혼인하여 슬하에 여섯 명의 자녀를 두셨으나 두 명의 자녀는 어릴 때 잃어버리고, 네 자녀만 성인으로 성장했다고 하셨다. 전사하신 숙부님은 그중에서 막내아들이셨다. 열여덟 어린 나이에 전쟁에 참전하여 이듬해에 전사 통지서를 받은 할머니의 심정이 어떠했을지 상상이 안 된다. 억장이 무너지는 느낌이었을 것이다. 겪어보지 못한 사람이 어찌 그 심정을 알 수가 있겠는가? 그래서일까? 자식을 가슴에 묻고서 살아오시는 동안 할머니는 유독 나에게 큰 정성을 쏟아주셨다.

나는 어릴 때부터 할머니와 같은 방에서 잠을 자고 할머니의 따뜻한 보살핌 속에서 성장했다. 부모님은 아침 일찍부터 어둠이 깃든 저녁까지 들판에 나가서 일하시다 보니 그렇게 된 것 같다. 학교에 갔다가 집으로 돌아오면 나를 맞아 주시는 분은 항상 할머니셨다. 할머니께서는 닭이 갓 낳은 따뜻한 달걀을 주머니 속에 갖고 계시다가 내가 학교에서 돌아와 집으로 들어서기만 하면 나를 반겨 주시며 그 달걀을 꺼내 먹여 주시곤 하셨다. 세상의 그 무엇보다도 따뜻하고 맛있는 달걀이 목구멍으로 넘어가는 그 느낌은 지금 생각해도 너무나 그립다. 나는 달걀을 먹은 것이 아니라 할머니의 따뜻한 사랑을 먹고 자랐다는 것을 나중에서야 알게 되었다.

추운 겨울날, 강에서 썰매를 타다가 물에 빠졌는데 옷을 말리고 들어가려고 불을 피웠다가 젖은 바지를 태워 먹었다. 나는 엄마한테 야단맞는 게 겁나서 집에 들어가지 못하고 대문 밖에서 서성이고 있었는데, 할머니께서는 나를 당신의 뒤에다 감추시고 집안으로 데려가셔서, 젖은 옷을 벗기고 따뜻한 아랫목에 앉혀 이불을 덮어 주시곤 했다. 그때는 할머니가 나의 구세주라고 생각했다. 추운 겨울날 이불을 뒤집어쓰고 앉은 아랫목은 할머니의 사랑처럼 따뜻했다. 내가 이렇게 몸과 마음이 건강한 성인으로 살아올 수 있었던 것은 할머니의 그런 사랑 덕분이지 않나 싶다. 할머니를 통해 어린 시절 정서적인 안도감을 가지고 성장할 수 있었다.

할머니가 세상을 떠나시는 날은 나를 당신 곁에 붙들어두려 하신 희한한 일을 겪기도 했다. 대학 재학 시절, 여름방학을 집에서 보내고 2학기 개강 준비를 위해서 시골에서 출발해 대구까지 기차를 타고 와서 서울로 가는 고속버스를 타기 위해 터미널로 갔다. 터미널에 도착해 화장실에서 볼일을 보고 나오려는데, 갑자기 팬티 고무줄이 끊어졌다. 어디에 걸린 것도 아니고, 아무 이유도 없이 갑자기 생긴 일이라 무척 당황했다.

대충 옷매무새를 추슬러 서울 하숙집까지 왔는데 이튿날 새벽, 할머니께서 영원한 길을 가셨다는 비보를 접했다. 나는 곧바로 다시 시골로 내려가야 했다. 이제 와서 생각해 보니, 당신 떠나시는 길에 서울로 가는 손자를 붙들어 놓고 조금이라도 더 보고 가고 싶으셨던 것 같다. 할머니 마음을 몰랐기에 더욱 죄송하고 또 죄송스러운 마음이 들었다. 왜 할머니의 상태를 진작 알아보지 못했을까? 조금 더 빨리 알아차렸으면 좋았을 것을……. 가지 말라고, 곁에 있어 달라고 하신 할머니의 마음을…….

할머니께서 나에게 베풀어주신 사랑과 추억이 너무 크기에 나는 숙부님의 위패를 더 열심히 찾았는지도 모르겠다. 얼굴 한 번 뵌 적이 없지만 나라를 위해 싸우다 아까운 생명을 나라에 바치신 분이시기에, 그리고 할머니의 사랑하는 막내아들이셨기에 정성들여 숙부님의 위패를 꼭 다시 제대로 되찾아드리고 싶었다. 먼 훗날 할머니를 만나면 할머니께서 잘했다고, 고맙다고 말씀해주시지 않을까?

위패봉안관 숙부님 위패앞 동화병

영원히 살아있는
사람들

국립현충원에는 묘역이 여러 개의 종류가 있다. 그중에서 특히 장군 묘역과 장병묘역이 있는데 장군 묘역에는 시신이 그대로 안장되고, 장병의 묘역에는 시신은 화장한 뒤 골분이 담긴 화병을 비석 아래에 모신다. 그런데 3성 장군 출신이면서도 시신이 화장되어 병사들 묘역에 나란히 안장되어 있는 분이 계신다. 월남전 주월 사령관이셨던 채명신 중장의 묘소로 서울현충원 2번 묘역에 안장되어 있다. 그는 베트남 참전 당시 100명의 베트콩을 놓치더라도 1명의 양민을 보호하라고 지시하는 등 덕장으로 존경을 받았던 인물이다. 돌아가시면서 파월 장병 곁에 묻어달라는 유언을 한 것으로 유명하다. 그의 유언에 따라 국립현충원의 장군 묘역이 아닌 일반 병사 묘역에 안장되었는데 국군 장성이 사병 묘역에 묻힌 것은 채명신 장군이 처음이라고 한다. [23]

참배객들이 많아서인지는 몰라도 병사와 함께 있는 장군의 묘소 앞에는 잔디가 자주 망가져서 일 년에도 한두 번씩 잔디를 손질해야 할 정도이다. 가끔 현충원을 방문할 때, 유심히 살펴보면 가족들은 기일에 장군 묘역을 방문하는 정도인데, 항상 다른 참배객들이 끊이지 않았다.

자신이 누릴 수 있는 혜택을 포기하고 죽어서도 병사들과 함께하려 했던 결단이 존경을 받는 이유가 되지 않나 싶다. 죽음 이후에 묘역이나 비석의 크기가 어떠하며, 그 위치가 어떠한가보다는 후손들과 이 땅에 남겨진 사람들의 가슴 속에 오래도록 기억되는 사람이 진정으로 영원히 살아 있는 사람이 아니겠는가? 그들이야말로 죽었으나 진정으로 살아있는 사람들일 것이다.

우리는 살아있을 때는 이런 사실을 너무 쉽게 간과하게 된다. 좀 더 많이 가지려 하고, 내가 가진 것을 움켜쥐고 놓지 않으려 한다. 자신에게 주어진 작지만 소중한 것들에 감사하는 대신 흔하고 가치 없는 것으로 치부한다. 말로는 그렇지 않지만, 행동과 그가 나아가는 방향을 보면 무엇을 최고의 가치로 삼고 살아가고 있는지 보일 때가 있다. 가장 쉬운 예는 가족일 것이다. 늘 나와 함께 있고, 서로 아웅다웅하며 살다 보니 영원히 함께할 것처럼 착각하는 것이다. 우리는 누구나 자신이 영원히 살 것처럼 생각하는 경향이 있다. 언젠가 내가 왔던 곳으로 돌아가야 할 것을 알지만 현실 속에서 살다 보면 그런 사실을 자꾸 잊어버리게 된다.

나는 삶이 각박해진다고 느껴질 때나 마음이 건조해졌다고 생각될 때 숙부님이나 형님을 찾아뵙기 위해 이렇게 현충원에 올 때가 가끔 있다. 이분들을 참배하고 나면 그냥 가지 않고 다른 분들의 묘들도 돌아본다. 장군으로서 장병의 묘에 안치되신 채명신 장군의 묘라든지 호국 부자의 묘, 호국 형제의 묘 등 현충원의 유명한 묘들을 돌아보며 살아생전 그들이 남긴 업적과 안타까운 사연들을 다시금 되새겨본다. 묘비를 보다 보면 어느새가 내 마음이 숙연해지는 것을 느낀다. 죽음이라는 인생의 큰 문 앞에서 나의 남은 삶이 어떠해야 하는지를 가르침 받는 것 같다고나 할까? 여러 가지 삶의 영감을 얻어 다시 충전되는 것을 경험하곤 한다. 아이러니하지만 죽음을 생각하면 더 잘 살아야겠다는 의지가 강해지는 것을 느낀다.

다른 사람들과 그들의 안전, 그리고 국가를 위해 자신의 목숨을 버리고 영원한 길로 떠난 이들과 마주하다 보면 마음속의 일렁이는 욕망의 파도도 잔잔해지고, 숨차게 달려왔던 나의 길도 다시 한번 뒤돌아보게 된다. 그리고 내 옆에 나의 사랑하는 가족들과 친구들이 늘 함께하고 있었음을 비로소 깨닫게 되고 감사하게 된다. 내가 가진, 눈에 보이는 나의 소유는 결국엔 나를 행복하게 해주지 못하고 보이지 않는, 이들과 나누었던 사랑, 그들과의 관계 속에서 나를 지지하는 그들의 응원, 즐거웠던 추억 등이 나에게 유용하며 행복감을 주는 것이라는 것을 깨닫게 된다.

죽음에 대해 생각한다고 하면 누군가는 속된 말로 '재수 없다.'라고 말할 수도 있다. 그러나 인간으로 태어나 언젠가 돌아가야 할 인생을 살고 있는 사람이 그런 것을 생각도 하기 싫어한다면 그의 인생은 지금 어딘가 조금 고장 나 있을 수 있다. 죽음을 의연하게 받아들이지 못했으니 이 땅에서의 삶은 얼마나 피곤하고 힘들까? 얼마나 살고자 하는 욕망으로 이웃과 서로 비교하며 바둥바둥하며 살고 있을까?

열심히 노력하는 삶이 틀렸다는 것은 아니다. 내가 살아있는 동안은 나의 손으로 수고하여 좋은 결과를 얻어내고 그 결과로 인해 나와 내 가족, 그리고 이 사회가 좀 더 나은 생활을 할 수 있다면 그것으로도 큰 의미가 있다. 그러나 계속 그런 삶을 살다보면 번아웃(Burn Out)이라고 하는 탈진 현상을 경험하게 되기도 한다. 이렇게 자신을 다 불태워 소진하고 나면 삶이 허무해지거나 주변에 서운한 감정들이 생기기 마련이다.

이럴 때는 잠시 멈추어 혼자만의 여행을 떠나거나 짧게라도 산책을 하며 생각을 정리해본다든가, 현충원 같은 의미 있는 곳을 방문하여 내가 살아가는 삶도 거울에 비춰보듯 비춰볼 수 있다면 더 먼 길을 달려갈 힘을 얻게 될 것이다. 인생을 훌륭하게 살다 가신 분들을 뵈면 그들이 더 이상 이 땅에서 사라지고 없는 것이 아니라 여전히 아직도 이생에 남아있는 나와 우리의 후손들에게 살아있는 교훈을 주고 있음을 깨닫게 된다. 이분들이야말로 영원히 살아있는 분들일 것이다.

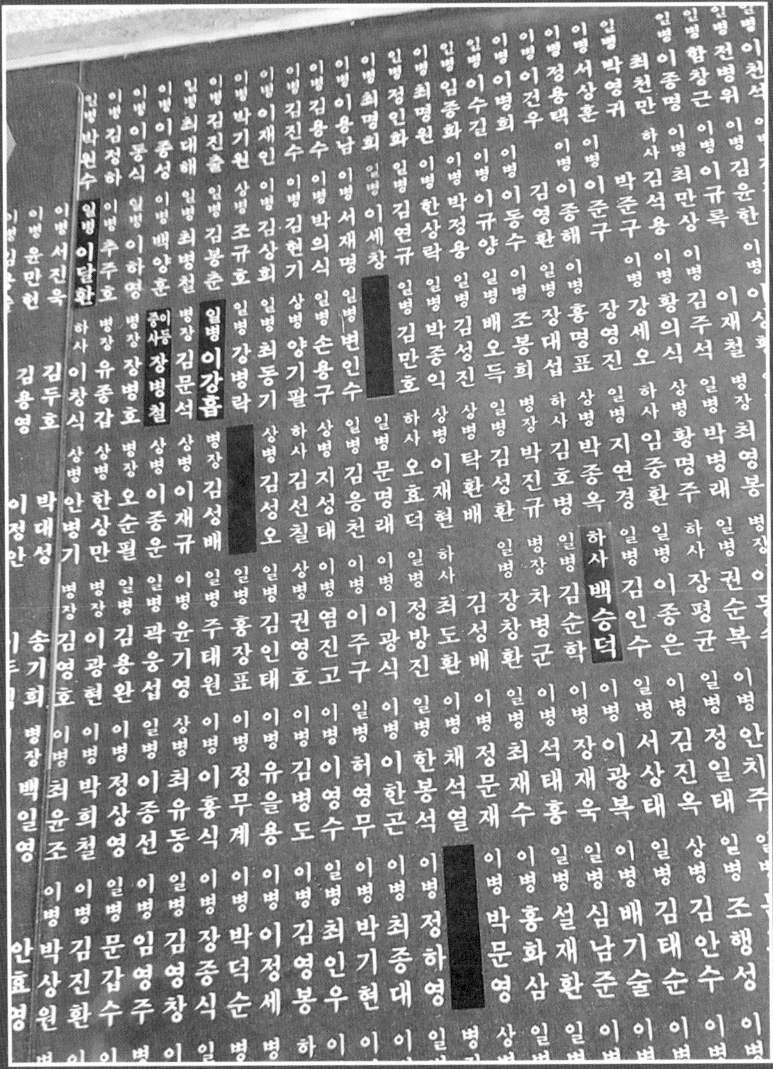

위패봉안관 벽면의 위패모습

흘러간
강물처럼

서울 현충원에는 호국 부자(父子)의 묘, 호국 형제의 묘, 호국 전우의 묘 등이 있어서 특별한 경우의 죽음을 통한 호국 교육의 장소로 활용되고 있다.

공군 조종사 출신의 아버지와 아들인 박명렬 소령, 박인철 대위의 묘는 호국 부자의 묘이다. 두 사람 모두 공군 훈련 중 사고로 전사했다고 한다. 아버지 박명렬 소령은 31세, 이른 나이에 훈련 중 순직하였고, 그때 박인철 대위는 다섯 살이었다고 한다. 아들 박인철 대위는 홀어머니를 모시며 평범한 직장인으로 살겠다고 다짐했으나 고등학생이 되면서부터 조종사의 꿈을 꾸기 시작했다고 한다. 어머니, 할머니를 비롯한 가족들의 엄청난 반대에도 불구하고 그의 결심은 꺾이지 않아 결국 공군사관학교에 입학하여 아버지를 이어 조국의 하늘을 지키게 되었다.

공군사관학교에 입학한 후 졸업하여 2006년 2월 고등비행훈련과정을 마치고 정식으로 전투기를 조종하게 되었다. 그러나 안타깝게도 이듬해인 2007년 7월 야간임무를 수행하던 중 전투기 추락 사고로 순직하게 되고 말았다. 더욱더 안타까운 것은 아들 박인철 대위의 유해를 찾지 못해 생전에 남긴 모발 등으로 가족들의 청원에 따라 아버지 곁에 안장되었다고 한다. 남편과 아들을 잃은 여인의 마음, 그리고 그 가족들의 마음이 오죽할까 하는 생각을 하니 가슴이 먹먹해져 온다. 서로 너무 빨리 헤어졌기에 죽어서라도 못다 한 부자의 정을 이렇게라도 나누게 된 것이 가족에게는 위로라면 위로일까?

두 사람의 추모비에는 이런 시가 새겨져 있다.

그리워라 내 아들아 보고 싶은 내 아들아
자고 나면 만나려나 꿈을 꾸면 찾아올까
흘러간 강물처럼 어디로 가버렸나

애달퍼라 보고파라 그 모습이 그립구나

강남바람 불어오면 그 봉오리 다시 필까

잊으려도 못 잊겠네 상사에 내 자식아 [24]

6.25 전쟁에 참전하여 전사한 형과 동생이 안장된 육군하사 이만우, 육군이등중사 이천우의 묘는 '호국 형제의 묘'라고 불린다. 홀어머니를 뒤로한 채 구국의 일념으로 1950년 8월, 고향 집을 떠난 형님의 뒤를 이어 동생도 한 달 만에 자원입대하였다. 두 형제는 서울 수복 작전에 이어 평양탈환 작전 등 주요 전투에 참가하여 눈에 띄는 무공을 세웠으나, 이듬해인 1951년 5월, 형님인 이만우 하사가 고양지 전투에서 전사하였고, 같은 해 9월에 백석산 전투에서 동생마저 전사하게 되었다. 이때 형은 22세, 동생의 나이는 19세였다고 하니 그들의 꽃다운 나이에 더욱 마음이 안타까웠다. 긴박한 전투 상황 속에서 동생의 유해를 미처 수습하지 못했으나 국방부 유해발굴감식단에 의해 2010년에 유해가 발견되고, 신원이 확인되어 형제가 나란히 안치될 수 있었다고 한다. 홀어머니의 멍든 가슴 속, 기막힌 한을 누가 알겠는가? 묘비 밑에는 이런 헌시가 남겨졌다.

쪽빛보다 더 푸르른 젊음과 소중한 생명

나라 위해 장렬히 바친 형제여!

총탄이 빗발치는 전장에서 큰 무공 세우시고

쓰러졌건만 한 서리 비바람 속에 동생 홀로

남겨진 지 어언 60년.......

고귀한 희생,

호국의 기운 되어 차고 넘칩니다.

이제는 조국의 품 안에서 함께하며 편히 쉬소서.

우리는 님들을 가슴에 묻은 채

'호국의 형제'라 부르오리다.

-2011년 6월 6일 전투 현장에 홀로 남겨졌던 아우를 형님

곁에 모시다- [25]

이 외에도 호국전우의 묘로 유명한 황규만 준장과 김수영 소위의 묘에도 감동적인 사연이 있다. 김수영 소위의 묘는 현충원에서 이름 없는 묘로 유명하다. 6.25 전쟁에서 생존한 황규만 장군은, 낙동강 방어선 전투 때에 자신의 부대를 지원하기 위해 왔던 김소위를 기억하고 있었다. 통성명도 하지 못한 채 함께 싸우다 전사했는데, 급박한 전쟁 상황이었기에 그를 반드시 찾으러 오겠다며 약속하고 어느 소나무 아래 임시 매장을 한 뒤

자신만 아는 표식을 남기고, 다시 전쟁터로 나갔다고 한다.

전쟁이 끝나고 세월이 흐른 뒤, 황규만 준장은 국방부 유해
발굴감식단의 도움을 받아 그의 시신을 찾아 20여년이 지난
1964년에 김 소위를 현충원으로 안치했다. 그때 당시는 김 소
위의 이름을 알지 못해 묘비에 이름을 새기지 못하고 '김 의 묘'
라고만 새겨 비석을 세워주었다. 그 이후로 황규만 준장은 전
역하였고 직장 생활을 하면서도 25년이 넘도록 그의 이름과 유
가족을 찾았으나 찾기가 쉽지 않았다. 우연한 기회에 김 소위
와 같은 갑종 1기 예비역 출신 대위를 만나게 되어 김 소위의
이름이 김수영이었다는 것을 알게 되었고, 그의 가족들도 찾게
되었다. 이름을 찾은 후에도 전쟁의 비참함을 교훈으로 삼기
위해 묘비는 그대로 두기로 하고 추모비에만 김수영 소위의 이
름을 새겼다고 한다.

2020년 임종 당시 자신도 친구의 묘 옆에 함께 묻어달라는
황규만 장군의 유언에 따라 사병의 묘에 김수영 소위와 함께 안
장되었다는 감동적인 이야기가 있다. 이분들의 묘 또한 참배객
들에게 호국의 정신을 교육하는 데 귀하게 사용되고 있다. [26]

죽음은 끝이 아닌 또 다른 시작이라는 생각을 해본다. 어떤
죽음을 선택하는가에 따라서 우주의 순환에 진정으로 순응하

는 길이 어떤 것인지를 생각하게 한다. 모든 것을 버리고, 내려 놓고 가야만 하는 것이 죽음이지만, 꼭 남겨놓고 가야만 하는 것들이 있다면 그것은 과연 무엇일까?

이 시대의
살아있는 영웅들

　또 한 사람의 고귀한 생명이 사라졌다. 대형 화재 현장에서 화재 진압을 위해서 선두에서 지휘했던 소방관이 불길을 피하지 못하고 끝내 생을 마감했다. 자신의 생명을 뒷전으로 하고 오로지 임무에 충실하다 생긴 안타까운 사고였다. 업무 자체가 항상 위험에 노출되어 있거나 출동 현장 자체가 항상 죽음이나 처참한 사고 현장을 목격하는 소방관들에게는 엄청난 정신적인 어려움이 있다.

　휴양림 근무 당시 치유의 숲에서 소방관들을 대상으로 프로그램을 진행하는 데 잠시 참여한 경험이 있다. 우리가 겪지 못하는 엄청난 정신적 트라우마를 갖고 살고 있는 분들이다. 이들이야말로 진정한 이 시대의 살아있는 영웅이 아닐까? 이들을 최고로 대우할 수 있는 사회가 되었으면 좋겠다.

또한 자신이 가지고 있는 재능을 발휘하여 개인적인 행복을 추구하기보다 역사의 현장을 찾아서 기록으로 남기기 위해 일하는 젊은이가 있다. 사진작가 라미현씨다. 그는 사진작가로 활동하면서 미국에서 한국전쟁에 참여했던 미국인 용사들을 찾아내는 일에 열심이다. 한국 전쟁 참전 용사들의 인물사진을 찍어 그들에게 선물하고, 그들에게 감사의 말과 함께 전쟁 당시 처참했던 상황들을 전해 들으며 공감해주고, 세월이 흘러도 아물지 않은 그들의 마음의 상처를 위로하는 일을 하고 있다.

이 젊은이의 위로와 감사 인사를 받은 참전용사들은 저마다 눈물을 훔치며 감격해 하고 진심으로 고마워했다. 지난 세월의 일들이지만 그들의 마음속에 비참했던 전쟁 상황의 모습들은 사진과 영화처럼 그들의 뇌리에 깊이 각인되어 아직도 그들을 힘들게 한다고 했다. 동료가 가슴에 총탄이 박혀 숨을 거두고, 옆에서 싸우던 친구의 팔다리가 날아가는 현장을 보고 정신이 온전하다면 그것이 더 이상한 것 아니겠는가? 그들에게 트라우마로 자리 잡은 그 날의 경험들은 악몽이 되어 오랜 세월 그들을 괴롭혔을 것이다. 마음속 한편에 자리 잡은 전쟁의 아픔을 누르며 살아온 그들에게 이 젊은이의 감사 인사와 위로의 선물은 다시금 지난날, 전쟁터에서 두려움에 싸여 떨고 있었던 젊은 시절의 자신들을 마주하는 내면의 치유로 다가왔을 것이다.

정말 아프지만, 감동적인 모습이었다. 전쟁터에서 죽음을 맞이한 용사들을 추모하고 참전용사들과 유가족들을 위로하는 일이 얼마나 위대한 일인지를 보여주고 있었다. 우리나라가 지금 이렇게 선진국의 대열에 합류하며 위상을 떨치고 있는 것은 6.25 한국전쟁 당시 수많은 나라가 우리나라에 지원군을 보내주었기 때문이다. 그 지원군들이 있었기에 대한민국이 나라를 빼앗기지 않을 수 있었고, 폐허 속에서 다시금 일어설 수 있었다.

22개국 1,500여 명의 참전용사들에 대해 기록하고 그들의 모습을 사진에 담아 액자로 전하는 일을 계속하고 있다. 자신이 찍은 사진이 다음 세대에 교훈으로 전해지길 바라며 세상의 모든 한국 전쟁 참전 용사를 담는 그 날까지 작업은 계속될 것이라고 포부를 밝히고 있다. 나라에서 발 벗고 나서서 하지 못하는 일을 하는, 이러한 젊은이가 마음껏 일을 할 수 있도록 지원하는 방안이 마련되었으면 좋겠다.

화재 현장을 목격하고서 나와는 아무런 관련이 없지만, 화재 현장에서 불을 끄는 데 동참하는 시민들, 교통사고 현장에서 차량 바퀴에 깔린 사람을 구출하기 위해 너도나도 나서서 합심하여 차를 들어 올리고 부상자를 구한 시민들, 임산부나 응급환자가 탄 구급차가 빨리 갈 수 있도록 길을 비켜주는 일반 운

전자들, 등등. 우리가 살아가는 사회 곳곳에서 혼자보다는 '우리'를 먼저 생각하는 시민들이 많기에 그나마 이 사회가 유지되고 있지 않나 생각된다. 남을 위해서 자신을 희생할 줄 아는 이들이야말로 이 시대의 진정한 영웅이 아닐까? 이러한 시민 영웅들이 있어서 이 나라가 든든하고 우리의 마음도 따뜻하다.

위패봉안관 호국영령 무명용사비

국립서울현충원 현충문 전경

제 8 장

수 목 장
樹 木 葬

그리운
어머니

나의 어머니는 이 세상에 계시지 않는다. 약 10년 전에 88세의 나이로 하늘나라로 가셨다. 어머니의 지극한 보살핌과 사랑이 있었기에 잘 자라서 지금의 나 자신으로 살아가고 있음에도 불구하고 나는 어머니에 대해서 아는 것이 별로 없다. 어릴 적의 기억으로는, 위로는 외삼촌 두 분과 큰 이모님 한 분, 밑으로 작은 이모님 한 분과 막내 외삼촌 한 분이 계셨고, 어머니는 육 남매 중 넷째로 태어나신 것으로 알고 있다.

외가가 있는 곳은 맑은 물이 흐르는 개천이 있던 산촌마을이었다. 어머니의 손에 이끌려 외갓집에 갈라치면 집에서 나와 긴 둑길을 걸어서 한 시간 정도 가서, 나룻배를 타고 강을 건넜다. 그리고는 또다시 한 시간을 산길을 따라 걸었던 기억이 난다. 산길을 따라 길모퉁이를 돌아서면 성황당이라는 돌무덤을 지나면 외갓집이 가까워졌다는 걸 알 수 있었다. 색색의 리본들이 대나무에 매달려 바람에 휘날리는 모습은 신기하기도 했지만 약간은 무섭기도 했었다. 국민학교(지금의 초등학교)에 입학하기 전에는 일 년에 두 번 정도 외갓집에 다녀오곤 했었다. 아마도 농사일이 바쁘지 않은 계절이었지 싶다.

막내 외삼촌께서 나에게 멋진 사진도 찍어주셨던 기억이 난다. 그때만 해도 카메라는 정말 신기하고도 보기 드문 기계였다. 지금 와서 생각해보니 그때 막내 외삼촌께서는 군인이셨고 카투사로 근무를 하셨던 것 같다. 그때 찍은 내 사진을 가지고 있었는데, 아무리 찾아도 어디로 갔는지 찾을 길이 없다. 어릴 때 내 모습을 볼 수 있었으면 정말 새로운 추억이 될 수 있었을 텐데 하는 아쉬운 마음이 든다. 여러 번 이사하면서 제대로 챙기지 못해서 어디에서인가 분실된 것 같아 안타깝기 그지없다.

막내 외삼촌께서는 무척이나 나를 좋아해 주셨다. 그런데 막내 외삼촌께서는 다른 외삼촌들보다 일찍 세상을 떠나셨다. 한 가지 일에 너무 몰두하다가 건강을 잃게 되어 일찍 세상을 떠나게 되셨다는 이야기를 나중에서야 전해 들었다.

나의 어머니는 젊은 시절에는 일본에서 몇 년간 사셨던 적도 있다고 했다. 어머니는, 초혼에 실패하셔서 남매만 남겨둔 채 홀아비가 된 아버지와 결혼을 해서 나와 여동생을 낳으셨다.

국민학교(지금의 초등학교)에 입학하고서는 여름방학이면 외 갓집으로 놀러 갔던 기억이 난다. 외갓집에는 먹을 것이 무척이 나 많았다. 산비탈에는 복숭아나무가 있어 복숭아를 직접 따서 마음껏 먹었다. 또한, 포도밭에서는 포도를 마음대로 따서 먹 을 수 있었다. 그 당시 우리 집에서는 수박이나 참외는 마음껏 먹을 수 있었으나 복숭아나 포도는 귀한 과일이었다. 지금도 나 는 포도를 좋아해서, 남들은 한 알씩을 따서 입에 넣고서 먹는 데, 나는 두 알이나 세 알을 한꺼번에 따서 입에 넣고 껍질째 우 걱우걱 씹어서 삼키기 힘든 것만 뱉어내는 버릇이 있다. 남들은 이런 나를 보며 참 신기하다고 한다. 어릴 때부터 먹었던 경험 들이 있어서 포도를 좋아하고 잘 먹게 되지 않았나 싶다.

중학교에 입학하고 난 이후에는 3학년 여름방학 때 외갓집 가까이에 있는 절에서 한 달 가량을 보내고 난 후에는 외갓집 에 간 기억이 별로 나지 않는다. 아마도 고등학교 시험에 실패 하고서부터는 마음의 여유나 시간적인 여유를 갖지 못해서 그 랬을 것이라고 짐작된다.

당시 내가 머물렀던 절(사찰)에는 나 외에도 고시 공부를 하는 대학생 형 한 사람이 내가 기거하는 옆방에서 생활하고 있었다. 지금 생각해 보니 법대에 재학 중이면서 고시 준비를 했던 것 같다. 처음 내가 절에 가서 생활하던 초기 며칠간은 볼 수 있었으나 이후 그곳을 떠날 때까지 볼 수가 없었다.

낮에는 그런대로 생활하는 데 별 어려움이 없었으나 밤이 되면 적막이 감도는 산사는 무척이나 무서웠다. 밤에 화장실에라도 갈 때는 머리끝이 쭈뼛할 정도로 무서운 곳이었다. 주지 스님 한 분과 식사를 담당하는 보살님의 배려 덕분에 한 달 가까이 생활한 후 집으로 무사히 돌아올 수 있었다. 지금 생각해 보아도 너무나 인자하고 고마운 분이셨던 것 같다.

대학을 졸업한 후 직장을 갖고서 사회생활을 막 시작했을 때, 아버지는 앓고 계시던 지병으로 인하여 세상을 떠나셨고, 어머니는 시골에서 혼자 남으셔서 얼마 되지 않는 땅에서 농사를 지으며 지내셨다. 몇 년 뒤 여동생이 결혼한 후에 어머니는 서울로 올라와서 지내시게 되었다. 아는 사람 하나 없는 삭막한 도시 생활에 적응하기가 무척이나 어려웠던 때라 이웃에 사는 아주머니의 권유에 못 이겨 교회(순복음)에 다니기 시작하셨다. 처음에는 사람 만나고 세상 돌아가는 이야기를 듣고 소일하는 재미로 참석하신 것 같았다. 살갑지 못한 자식이라 옆에 있어도 별다른 이야기도 없고 무료하셨던지 점점 더 열심히 다니시게 되었다. 평일에는 구청에서 운영하는 노인정에 가셔서 하루 일정을 보내고 주말과 휴일에는 정말 열심히 교회를 다니셨다.

막걸리
한 잔

　다행스럽게도 어머니는 큰 병치레를 하지 않으시고 비교적 건강한 생활을 하셨다. 그러나 연세가 많아지시다 보니 여기저기 불편하고 아픈 곳이 많아지셨다. 그 무렵 어머니는 나에게 당신의 죽음에 관해서 이야기해 주셨다. 당신께서는 죽어서 절대로 시골 선산으로는 가지 않으시겠다고 하시며 화장을 해서 아무 곳에나 뿌려달라고 하셨다. 그러한 어머니의 말씀에 당혹스러웠고, 송구했으나 머지않아 닥칠 일이니 미리 준비해두는 게 좋겠다는 이성적인 생각이 들어 여기저기를 알아보기 시작했다. 그러던 중 산림청에서 운영하는 수목장을 알게 되었다.

　나는 고향이 서울에서 멀리 떨어진 곳이라 선산이 있는 시골에는 자주 가보지 못하는 편이다. 매년 친척들이 모여서 하는 벌초 행사에도 제대로 참석하지 못하고 있어 사촌들이나 친척

어른들한테 항상 미안한 마음을 가지고 있다. 그런 나를 생각해서 하신 말씀이었을까? 나는 어머니께서 나와 가까운 곳에 계시게 된 것에 대해 안도감을 가졌다.

또한, 예전부터 산에 묘소를 쓰는 매장형 장사보다는 미래지향적인 장례 문화에 많은 관심을 두고 있었다. 자연휴양림에서 근무하면서 산을 다니다 보면 흉물스럽게 버려진 묘소를 가끔 목격하게 된다. 한 번은 이런 묘소도 보았다. 비석에 새겨진 내용으로 볼 때는 선대에 제법 높은 벼슬을 한 사람의 것으로 보이는 묘소인데, 자손들이 찾지 않아서 묘지 비석은 쓰러져 뒹굴고 봉분은 멧돼지가 건드려서 파헤쳐 져 있었다. 그런 묘소의 모습은 정말 보기 불편하다. 차라리 묘역과 주변에 나무가 심겨 있다면 더 좋았겠다는 생각을 여러 번 하곤 했다.

조상을 모시는 방식은 개인마다, 또한 가문마다 달라서 쉽게 한 곳으로 정리되기는 어렵다. 어떠한 방식이 미래지향적인지, 좁은 국토를 가진 우리나라의 상황에 가장 적합한 형태의 묘지는 어떤 것인지 개인의 판단에 따를 뿐이지, 강제할 방법도 강제할 수단도 없을 것이기 때문이다.

어머니가 돌아가신 후, 나는 어머니를 시골 선산에다 모시지 않고 가끔 찾아뵐 수 있는 가까운 곳으로 모셨다. 가족 목(木)

으로 소나무 한 그루를 분양받았다. 어머님의 유골을 화장하여 한지로 만들어진 유골함에다 골분을 넣어서 분양된 나무 옆에 모셨다. 나무에는 어머니의 생년월일과 임종 일시가 기록된 명패 하나만 덩그러니 달려 있을 뿐이다.

자연으로 돌아가신 어머님을 나는 시간이 날 때마다 가끔 찾아간다. 막걸리 한 병을 사서 어머니 옆에 앉아 나도 언젠가는 자연으로 돌아가는 모습을 생각해 보곤 한다. 어머니가 살아계셨을 때 다 나누지 못한 대화를 하다 보면 살아계셨을 때 좀 더 많이 말동무도 되어드릴 걸 하는 아쉬움이 생긴다. 그러나 어머니가 이 땅에 계시지 않지만, 완전히 안 계시는 것은 아니다. 나무가 자라면서 어머니의 존재도 함께 자연에 녹아들어 여전히 살아계시기 때문이다. 나 또한 때가 되면 이렇게 자연으로 돌아갈 생각을 하며 인생이라는 단어 앞에 겸허한 마음을 갖게 된다.

인간은 누구나 자신이 왔던 곳으로 돌아간다. 돌아가신 분을 나무 아래 모시는 것은 인생에 대해 다시 한번 생각하게 하는 유익이 있다는 것을 알았다. 흙에서 와서 흙으로 돌아가는 인생을 시각적으로 경험하게 하며, 죽어서도 이 땅을 이롭게 하는 삶으로 남아 있는 자들에게 인생의 교훈을 전할 수 있기 때문이다. 나의 죽음도 누군가에게 큰 울림으로 다가간다면 헛된 인생은 아닐 것이다. 어머니가 나에게 남기신 교훈처럼 말이다.

다시 생각해보는
장묘문화

　우리나라의 묘지들은 주로 산속에 있기 때문에 접근성이 좋지 않은 단점을 가지고 있다. 요즘은 화장을 많이 하는 편이지만 이런 분위기가 된 것은 그렇게 오래되지 않았다. 얼마 전까지만 해도 매장을 많이 하는 분위기였기 때문에 무덤이나 묘지를 만들기 위해 산을 깎는 일이 많아 이것이 국가적으로 문제가 되기도 했다. 그러지 않아도 좁은 땅을 가진 우리나라는 인구의 고령화가 빠르게 진행되고 있는 상황이다. 매장을 하기 위해 땅을 판다면 정작 산 사람들이 생활할 공간은 더욱 줄어드는 결과가 되는 것이었다.

　매장을 했을 때 개인적으로 생각하게 되는 가장 큰 문제는 자연이 훼손된다는 점이다. 앞서 말했듯이 우리나라는 주로 시신을 산에 묻는 문화이기 때문에 매장을 하려면 묘지를 만들

때 산을 깎아 만드는 경우가 대부분이다. 이로 인해 나무가 잘려 나가는 등 숲이 줄어들게 되어 환경을 훼손하는 중요한 요인이 된다. 자연을 보호하고 환경에 관한 관심이 커지는 시대가 되면서 매장의 이러한 단점이 부각되고 있다.

지속적인 사후 관리를 해야 하는 것도 매장의 단점 중 하나이다. 우리는 설이나 추석과 같은 민족의 명절마다 산소를 찾아가는 기나긴 벌초 행렬을 뉴스를 통해 보곤 한다. 이것은 후손들이나 남은 가족들에게 시간적, 정신적, 경제적으로 부담이 될 수밖에 없다. 현실적인 문제에 부딪히는 것이다. 가까운 가족을 편안하게 보내는 것도 고인을 생각하는 방법일 것인데 매장의 방식은 산소를 돌보는 일을 서로에게 미루며 불화의 원인이 되는 경우도 빈번해서, 고인을 오히려 욕되게 하는 일이 되고 마는 경우도 많다.

더군다나 후손들이 조상의 묘까지 돌아본다는 것은 현실적으로 저만치 동떨어진 문제가 되고 만다. 자녀가 딸들만 있는 경우, 지속적인 관리를 하는 것은 더더욱 어렵다. 아무리 생각해 보아도 이는 21세기, 최첨단을 사는 시대에 어울리는 장례 방법은 아니라는 생각이 굳어지게 한다. 이런 단점으로 인해 지금은 매장의 비율이 10% 정도로 낮아졌다는 기사를 본 적이 있다.

하늘숲 추모원 입구

이에 반해 화장은 장례비용이 절감되고, 특별히 넓은 면적의 묘지가 필요하지 않다. 또한, 사후관리가 어렵지 않다는 점으로 인해 최근에 가장 많이 사용되는 장례 방법이다. 그러나 봉안당, 혹은 봉안묘도 여전히 관리의 문제가 있다. 사설 봉안당(실내)의 경우는 항온, 항습을 유지하기 위해 높은 관리비를 부담해야 한다고 한다. 봉안묘(실외)도, 야외이기 때문에 먼지, 침수, 벌레 문제가 늘 따르게 되고 또 재처리의 문제가 남아있다. 영구적인 안치가 가능한 것이 아니라 30년이나 60년 정도의 기간이 지나면 다른 곳으로 옮겨야 하는 번거로움으로 후손들이 부담을 갖게 되는 단점이 있다.

매장이나 봉안의 여러 문제를 해결할 수 있는 대안으로 자연장의 장묘문화가 유행하기 시작했다. 자연장에는 나무 아래 유골을 묻는 수목장, 화초 아래 묻는 화초장, 잔디 밑에 유골을 묻는 잔디장, 이 세 종류가 대표적이라고 할 수 있다. [27]

자연장의 한 종류인 수목장은 웰다잉에 있어 좋은 제안을 해주고 있다. 이 자연장의 장점 등에 대해 잘 설명해 주고 있는 기사가 있어 이를 인용하고자 한다.

"쉽게 설명하면 자연장은 화장한 유골 골분을 자연에 묻는 것이다. 죽은 사람이 자연으로 돌아가는 것이라고 이해하

면 된다. 보통은 수목(나무)이나 화초, 잔디 밑이나 그 주
변에 묻는 것을 말한다. 또한, 관련 법령에는 아직 포함되
어 있지 않지만, 암석형, 정원형, 언덕형 자연장도 있다.

자연장은 우선 지자체 공설 자연장지 이용료가 저렴해 유
족에게 부담이 적은 것이 중요한 특징이다. 벌초, 객토, 이
장 등 관리가 필요 없어, 역시 후손에게 부담을 주지 않는
다. 공원 같은 편안한 느낌을 주어 고인 곁에서 오래 사색
하는 연고자가 많고, 이용 절차도 간편하다. 생활문화 공간
가까이에 조성돼 있어 자주 찾아뵙는 추모문화가 정착되는
장점도 있다.

지역사회 입장에서도 공동묘지를 자연장으로 재개발, 쾌적
한 경관을 창출하고 삶의 질을 제고할 수 있게 된다. 묘지
조성으로 인한 땅값 하락도 없고, 문화 · 체육 · 휴식 · 고용
을 연계하면 시너지 효과도 예상된다.

국가 차원에서는 더 큰 장점이 있다. 저출산, 고령화, 1인
가구 증가 등 시대에 맞는 지속 가능한 장법이 자연장이다.
묘지 1명 면적에 자연장은 최대 30.8명이 가능하여 검소 ·
평등한 장례문화를 정착시킬 수 있다. 또 상대적으로 자연
장이 토지 · 대기 · 지하수 오염, 쓰레기 발생, 감염병 위험
이 낮다는 장점도 있다." [28]

우리나라 수목장은 2006년 '장사에 관한 법률'에 근거하여 자연장의 하나로 도입되었고, 상기 법률에 근거하여 산림청에서는 2009년 5월 수목장지로 "국립 하늘숲추모원"을 경기도 양평군에 개장하였다. 개장 초기의 관리 주체는 산림청 산하기관인 산림조합중앙회에서 관리·운영하였으나, 2017년 1월부터는 한국 산림복지진흥원으로 변경하여 운영되고 있다.

개원 초기에는 1구역에서 6구역으로 조성되었으나, 2019년 현재는 15구역으로 확장하여 운영 중이다. 또한 초기에는 좁은 통행로 때문에 차량의 교행이 어려워 불편한 점이 있었으나, 확장하면서 일방통행로 도입을 통한 차량 통행의 문제점을 해결한 것은 바람직하다고 생각된다. 2013년부터는 수목장의 보급을 촉진하기 위해서 개인 주택의 정원에도 수목장을 허용하기로 법을 개정했다.

스위스와 독일 등 선진 외국에서는 수목장을 "장례사업"으로 보지 않는다. 그에 비해 우리의 수목장은 일부분 돈벌이 사업으로 변질된 게 안타까운 실정이다. 특히 개인이 운영하는 사설 수목장의 상황은 더욱 염려스럽다. '고인을 자연으로 돌려보내고 남은 이는 그를 추억하며 숲을 가꾼다.'는 본래 수목장의 취지를 국민들에게 널리 홍보해야 할 이유가 여기에 있다.

명패가 부착된 추모목

수목장의 창시자는 스위스의 우엘리 자우터(Ueli Sauter)다. 그는 영국인 친구가 죽음을 앞두고 "내가 죽으면 벗과 함께할 수 있도록 스위스에 묻어다오."라는 유언의 편지를 받고 절절한 우정으로 고심한 끝에 친구의 골분을 뒷산 나무 밑에 묻는 방법을 생각해 냈다. 골분이 나무뿌리의 거름이 되도록 하면 벗과 나무가 영원히 상생할 것이라 믿었다. 그렇게 수목을 다리 삼아 사별의 고통과 슬픔을 치유하면서 탄생한 장묘문화가 바로 수목장이다.

건전한 장례문화가 이 땅에 정착되어, 더 이상 수목장이 돈벌이 수단으로 변질되지 않았으면 좋겠다. 좁은 국토를 보전하고 기존의 녹지지역을 이용하는 수목장에 대한 근본적인 인식의 전환이 필요하리라 생각된다.

요즈음 치러지는 대부분의 장례식은 고인보다는 남은 자들의 사회적 지위와 존재감을 확인하는 공간이 되고 있는 것이 현실이다. 가까운 미래에는 우리의 장례식도 진정으로 고인을 생각하고 추모하는 것으로 바뀌어야 할 것이다. [29]

수목장,
자연으로 돌아가는 삶

 '웰빙(Well-Being)'이라는 말이 한참 유행하던 때가 있었다. 당장 맛있는 것을 먹고, 멋지게 사는 것보다 100세 인생을 살게 되더라도 아프면서 살지 말고, 더 건강하게 사는 것에 초점을 맞추고 몸과 마음이 함께 건강해지는 방법들을 생각하고 실천해 가고자 하는 분위기들이었다. 건강을 위해서 매일 운동을 하고, 몸에 좋은 음식을 먹기 위해 고기를 줄이고, 유기농 채소로 음식을 해 먹는 것이 유행처럼 번졌다. 그것이 어려우면 직접 농사를 지어 농약을 뿌리지 않은 재료로 음식을 해 먹는 방법도 있었다. 산업화로 인해 앞만 보고 달려온 우리들에게 이제는 건강하게 살 필요가 있다는 점을 각인시킨 사회현상이었다.

 그런데 요즘은 '웰다잉(Well-Dying)'에 관한 관심이 높아지고 있다. 웰다잉은 간단히 말하면 행복한 죽음을 준비하는 것이다. 여기에도 개인마다 생각하는 여러 가지 방법들이 있을 수 있다. 자신이 살아온 삶을 자서전이나 노트의 형태로 기록하거나 주치의를 정하여 정기적으로 건강을 점검한다든지, 버킷리스트를 만들고 가족과 함께 실행해보는 방법 등이 있다. 우리가 가끔씩 수련회에 참가했을 때 나의 죽음을 생각하며 유서를 써본다든지, 준비되어진 관 속에 들어가서 누워보고, 어떤 생각이 드는지 서로 이야기해보거나 글로 남겨보았던 경험도 이런 웰다잉 활동에 속한다. 자신의 장례 계획을 작성해보는 것도 마찬가지이다.

누구에게나 찾아오는 죽음을 피하지 않고 당당하게 마주 볼 준비를 하는 것이 바로 웰다잉이다. 나에게 마지막 순간이 찾아온다면 나 또한 수목장의 형태로 나의 장례를 선택할 것이다. 나는 존재하지 않지만, 자연으로 돌아가 한 그루의 나무로 여전히 이 땅에 존재할 수 있으니 이 얼마나 의미 있는 인생인가? 극심한 교통체증을 뚫고 찾아와야 하는 아주 먼 곳이나, 힘들게 올라가 풀을 베어야 하는 부담스러운 곳이 아닌, 온 가족이 즐겁게 찾아올 수 있고, 쉬고 싶을 때, 힘든 일이 있을 때 기대어 울 수 있고, 생각할 수 있는 공원과 같은 장소가 된다면 그것 자체도 후손들에게 유익을 주는 삶이 되지 않겠는가?

늘 한결같이 그 자리에 서 있는 나무는, 언제나 같은 마음으로, 남아있는 가족과 후손들을 생각하는 부모의 마음 같다. 좁은 땅과 부족한 자원으로 살아가는 이 나라의 자연을 푸르게 한다는 것도 크게 의미가 있다. 죽어서도 이 세상을 이롭게 하는 인생이 바로 이런 것이 아닐까 생각해 보게 된다.

평생을 사형수들을 위한 상담가로 활동하신, 《어른 공부》의 저자 양순자 심리상담소장은 유럽에서 공동묘지를 보고 참 기분이 좋았던 경험이 있노라고 말한다. 우리나라는 묘지가 깊은 산속에 있어서 사람들이 쉽게 갈 수가 없는데 유럽에 가보니 공동묘지가 마을 안에 있더라는 것이다. 무섭기는커녕 오히려 친근했다고 한다. 특히 조그만 묘비에 새겨진 짧은 글을 읽는 것이 재미있었다고 했다. 그 사람을 만난 적은 없지만, 그가 남긴 짧은 한 줄의 글 속에서 그 사람이 어떤 사람인지가 보였다고 한다. 죽은 사람도 살아있는 사람들과 함께 계속 살아가는 것처럼 느껴졌다는 경험담이었다.

유럽인들은 죽음에 대해 그 단어를 금기시하거나 꺼리는 것이 아니라 초연하게, 어떤 면에서는 친밀하게 받아들이고 있다는 점이 새롭게 다가왔다. 묘지가 마을에서 외딴곳이 아닌, 마을 안에 있어서 누구나 언제든지 가볼 수 있다. 아이에서 노인에 이르기까지 묘지는 이미 그들에게 낯선 곳이 아니다. 죽음은 단지 자연스러운 인간 삶의 한 과정일 뿐이라는 것을 가르쳐주는 좋은 시청각 자료가 되었다.

잔디가 넓게 깔린 공원에 조그만 비석들이 땅에 눕혀져 있는 모습을 상상하니 그 풍경이 정겹게 느껴진다. 햇살도 비치고 아이들이 풍선을 가지고 놀며 뛰어다니는 곳, 가족들이 나와 피크닉을 즐기고, 연인들이 벤치에서 이야기를 나누는 모습들이 그려진다. 그들의 살아있는 모습과 묘비의 모습이 이상하게도 잘 어우러진다. 삶과 죽음이 하나라는 것을 가르쳐주고 있는 듯하다. 죽는 얘기라고 무작정 기분 나빠할 일이 아니라, 그냥 마포에서 일산으로 이사 가는 것 같을지 모른다고 말한 양순자 소장의 말이 맞을지도 모르겠다.[30] 내가 왔던 곳으로 다시 이사 가는 것, 그것이 죽음일 것이다.

웰빙(Well-Being), 웰다잉(Well-Dying)

　요즘 초등학생들에게 장래 희망을 물어보면 건물 주인, 빌딩 주인이 되어서 세를 받으며 잘 사는 것이라고 대답하는 아이들이 종종 있다고 한다. 나의 어릴 적 꿈은 최소한 사회정의를 위한 일을 할 수 있는 사람이 되는 것이었다. 군인이 되어서 나라를 지킬 것이라든가, 경찰이 되어 나쁜 사람을 잡겠다던가, 돈을 많이 벌어서 가난한 사람에게 베풀 것이라는 것 등이었다.

　그런데 지금은 사람을 판단하는 기준 자체가 몇 평 아파트에 사는지, 어느 동네에 살고 있는지가 되어버렸다. 연봉이 얼마인지가 그 사람이 어떤 사람인지를 결정짓는 세상이 되어버렸다. 개발이라는 이름으로 논밭이 있던 자리는 고층 아파트로 변해버렸다. 이웃사촌도 사라져 버리고, 맑은 공기, 푸르른 하늘도 보기 어려워졌다.

과연 우리는 옛날에 비해서 잘살고 있다고 할 수 있을까? 이웃 간의 따뜻한 정을 나누고 서로의 어려움을 도와가면서 살았던 지난날에 비하여 지금의 생활이 과연 행복해졌다고 할 수 있을까? 미세먼지, 환경호르몬, 아파트 숲, 자동차 행렬, 생전 보지도, 듣지도 못했던 코로나19 바이러스 등 많은 외부 환경들이 우리의 생활을 위협하고 있다. 마스크가 없으면 집 밖으로 한 발자국도 나갈 수 없게 되었다. 숨조차 제대로 쉬며 살 수 없는 세상이 되어버린 것이다. 자연의 파괴는 인간 생활 자체를 파괴하는 것일 텐데 아직도 주변에서는 자연 파괴행위가 여기저기서 이루어지고 있다.

이런 환경 속에서 잘 살아가기 위한, 웰빙의 방법은 과연 무엇인지 생각해보아야겠다. 어쩌면 이 모든 것이 우리의 욕망을 좇아 살아왔기 때문에 얻게 된 결과가 아닐까? 지나온 세월을 뒤돌아보니 이 지구상에 내 소유란 아무것도 없다는 것을 깨닫게 되었다. 나는 동전 한 개도 가지고 갈 수 없다. 결국 내가 태어나면서 받은 것, 그리고 살아가면서 가지게 된 모든 것은 이 땅에서 살기 위해 신에게 잠깐 빌려서 쓰다가 모두 제자리에 돌려주고 가야 하는 것들이다. 그렇다면 무엇인가를 갖기 위한 욕망을 따라 살아가는 것은 행복한 삶이 될 수 없다는 결론을 얻게 된다.

나의 소유를 늘리는 것보다 더 가치 있는 것을 찾아보자. 어차피 내 것이 될 수 없는 것들을 가지려고 애쓰며 다른 사람을 짓밟거나 경쟁하려고 하지 말고 넓은 마음으로, 한 발짝 뒤로 물러서서 인생을 바라보면 우리에게 남은 인생도 어떻게 살아야 할지 보이지 않을까? 나의 죽음의 순간에 나는 무엇으로 인해 행복했노라고 말할 수 있을까?

양순자 소장은 자신의 책에서 이런 이야기를 한다. 말기 암 환자를 돌보는 호스피스들은 자신의 환자들이 죽음이 얼마 남지 않은 상황에서 '내가 왜 더 돈을 많이 벌지 못했을까, 내가 왜 더 유명해지는 길을 선택하지 못했을까?' 하면서 후회하는 사람들은 없더라는 것이다. 그들이 정작 후회하는 것은 '내가 왜 가족들과 시간을 더 많이 갖지 못했을까, 내가 왜 그 사람에게 그렇게 모질게 굴었을까, 내가 왜 좀 더 너그럽지 못했을까?' 하는 그런 후회를 한다고 한다. 그러니까 아직 살아 있는 우리가 잊지 말아야 할 것은, 바로 지금 행복해야 한다는 것이다. 내가 지금 가진 것이 없어서, 누구보다 유명하지 않아서 행복하지 않은 것은 아닌데 사람들은 마치 자신의 소유가 적어서 그런 것처럼 착각하며 사는 사람들이 많다.

쾌락주의 철학자 에피쿠로스는 사람이 행복하게 살려면 무엇이 필요한가를 실험했다고 한다. 그의 결론은 들어가 누울 집이 있고 세 끼가 해결되면 돈이 더 많다고 더 행복해지는 것은 아니더라는 것이었다. [31] 행복은 멀리 있는 것이 아니다. 더운 날 냉수 한 그릇에 행복감과 만족을 얻을 수 있고, 가족의 미소 속에서 행복을 느낄 수 있다. 감동적인 영화를 보거나 길거리에서 추억이 깃든 노래가 들려 올 때 행복하다. 소유가 많고 적음, 크고 작음이 행복을 정하지 않는다는 것을 일상에서 깨닫는다. 눈에 보이지 않는 것들이 나를 더 행복하게 할 때가 많다.

우리에게, 그리고 나에게 있는 것은 다 내려놓고 후손들에게 물려줄 것들이다. 빚과 쓰레기를 물려주어서는 안 되지만 다른 좋은 것들은 모두 내 후손들이 소중하게 사용할 수 있도록 나도 잘 쓰고 물려주면 된다. 우리 인간도 자연의 일부분임을 자각하고 자연과 더불어 사는 삶이 진정 가치 있는 삶이라고 생각해야 한다.

태어나 성장하고 배움의 과정을 거쳐서 좋은 일을 하고서 행복하게 죽을 수 있을 때만이 질 높은 삶이라고 할 수 있을 것이다. 사람과 사람, 사람과 자연이 조화롭게 살아가는 방법을 찾으며 살아가는 것이 진정한 행복 즉 웰빙과 웰다잉의 길이라 생각한다.

맺는 말

　나의 일생은 도전과 방황의 연속이었다. 아직도 풀지 못한 삶의 근본적인 문제는 남아 있지만 남은 시간을 어떻게 살아야 할지는 명확한 것 같다. 석양의 지는 해는 저녁노을의 모습으로 우리에게 아름다움을 가져다준다. 저녁노을이 그 자체로서의 아름다움을 간직하고 있듯이, 우리 인생도 태어나서 자라고, 결혼을 하여 가정을 이루며 뜻을 펼치고 살다가 노년이 되는 동안, 소중하지 않은 시간이 없고, 인생 그 자체로서 아름답다.

　그러니 나이가 들었다고 하여 아름답지 않은 것은 아니다. 현재의 나의 삶을 충분히 사랑하며 즐기자. 나를 둘러싼 주변의 사람들과 함께 원 없이 사랑을 나누며 살다가 나를 내려놓는 아름다운 순간을 맞이한다면 이보다 더 의미 있는 인생이 어디 있을까? 주변 사람들에게 선한 영향력을 끼치고 잘 살았다고 할 수 있으려면 남에게 베풀고 욕심을 내려놓는 생활이 되어야 할 것이다. 하루하루가 채움이 아니라 비우는 삶이 되어야 할 것이다.

결국은 나 자신이 행복한가, 아닌가가 중요한 문제로 남는다. 나의 삶을 그렇게 인정하고 받아들이는 과정이 나의 내면에서 이루어져야 한다. 나에게 남은 시간이 얼마일지 모르지만, 이제는 나의 마음이 움직이는 대로 살아가도록 하자. 그리고 때가 되었을 때 당황하지 말고 나 자신을 조용히 내려놓자.

누군가는 삶은 여행과 같다고 했다. 나의 삶은 어디에서 출발하였는지, 어디를 거쳐 왔는지 돌이켜보니 지나간 내 인생이 새록새록 새롭게 다가와 나에게 말을 건넨다. '그때 힘들었지? 그때 행복했지? 그때 이랬으면 좋았겠다.' 하고 말이다. 지나온 인생을 돌아보는 일이 마냥 신나는 일인 것만은 아니다. 나의 아픔과 상처도 마주하고 바라보아야 하기에 어떤 날은 힘들고, 어떤 날은 아프기도 했다.

그러나 그것이 의미 있는 시간이었음을 이 글을 쓰며 알게 되었다. 한 인간으로 태어나 삶의 굽이굽이, 계곡과 골짜기를 지나고, 산등성이도 오르며 쉬지 않고 달려온 시간들... 결코 나 혼자만의 힘으로 걸어갈 수 없었던 길이었다. 나의 옆에서 묵묵히 함께해 주었던 나의 가족들, 나의 친구들, 나를 아껴주던 지인들과의 모든 관계가 의미가 있었다. 지금 생각하니 모두 다 귀하다.

나도 어린 시절의 나에게, 청년 시절의 나에게, 중년의 나에게 이렇게 말하고 싶다.

"잘 했어. 최선을 다하지 않았나. 살아내느라 고생했네."

미주

1) 참고:『한국출판연감』(대한출판문화협회, 1988),『밀알』(학원獎학회, 1984),『한국잡지총람』(한국잡지협회, 1972 · 1982), [네이버 지식백과] 학원 [學園] (한국민족문화대백과, 한국학중앙연구원)

2) 참고: 병무청 홈페이지 https://www.mma.go.kr/index.do, 군지원(모병) 안내.

3) 참고: 석정래,《보병전투병들, 카투사 6.25 참전 회고록》, 2014, 시한울

4) 출처: 위의 책

5) 참고: 2009.10~2011.9, 전 사단장, 마이클 S. 터커 소장

6) 출처: 장이기, (사)한국숲해설가협회,《숲해설은 왜 스페셜인가》, 프로방스, 2014.

7) 출처: 장이기, (사)한국숲해설가협회,《숲해설은 왜 스페셜인가》, 프로방스, 2014.

8) 출처: 장이기, (사)한국숲해설가협회,《숲해설은 왜 스페셜인가》, 프로방스, 2014. p.288

9) 출처: 김외정,《천년도서관 숲》, 메디치미디어, 2015, p.30.

10) 출처: 신준환,《다시 나무를 보다》, 알에이치코리아, 2014, p.290.

11) 출처: 김외정,《천년도서관 숲》, 메디치미디어, 2015, p.235-236

12) 출처: 아보토오루,《사람이 병에 걸리는 단 2가지 원인》, 박포 역, 중앙생활사, 2011.

13) 참고: 나가오 가즈히로,《병의 90%는 걷기만 해도 낫는다》, 이선정 역, 북라이프, 2016.

14) 참고: 동그란만두, "산림녹화사업이란"(2020.0522), https://blog.naver.com/siny0811/221974495773

15) 출처: 이진우의 손에 잡히는 경제, 〈종횡무진 경제학〉, "한국의 산림녹화는 20세기의 모델", KDI 박정호 연구원, 2019.01.27. https://audioclip.naver.com/channels/3134/clips/248

16) 출처: 장이기, (사)한국숲해설가협회,《숲해설은 왜 스페셜인가》, 프로방스, 2014.

17) 출처: 장이기,《이야기 숲에서 놀자》, 프로방스, 2016.

18) 출처: 위의 책

19) 출처: 장이기, (사)한국숲해설가협회,《숲해설은 왜 스페셜인가》, 프로방스, 2014, p.235, 236.

20) 출처: 장이기, (사)한국숲해설가협회,《숲해설은 왜 스페셜인가》, 〈Ⅱ.숲해설가 교육과정〉, 프로방스, 2014.

21) 참조 : 한국기상학회 제공,《기상학백과》, 〈지구온난화〉. 환경부, 〈지구온난화 원인과 대책〉, https://www.me.go.kr

22) 참고: 류시화,《새는 날아가면서 뒤돌아보지 않는다》, 더숲, 2017.

23) 출처: 네이버지식백과 시사상식사전(pmg 지식엔진연구소), "채명신", (2014.03.04.)https://terms.naver.com/entry.naver?docId=2060102&cid=43667&categoryId=43667

24) 출처: 국립서울현충원, "호국부자의 묘 돌아보기", (2017.07.07.) https://blog.naver.com/snmblove/221045439225

25) 출처: 국립서울현충원, "호국형제의 묘 돌아보기", (2017.07.06.), https://blog.naver.com/snmblove/221045180753

26) 참고: 국방부, "서울현충원 안장자 '감동 스토리' 12건 발굴", (2015.04.01.) https://www.mnd.go.kr/cop/kookbang/kookbangIlboView.do?siteId=mnd&pageIndex=1&findType=&findWord=&categoryCode=dema0138&boardSeq=8290&st

artDate=&endDate=&id=mnd_020105000000

27) 출처 : 시사저널e, 이상구, [인터뷰] "장묘문화 추세는 평장
묘···봉안묘·자연장 단점 극복이 특징", 2021.03.28.
(http://www.sisajournal-e.com/news/articleView.
html?idxno=230602)

28) 출처 : 시사저널e, 이상구, [인터뷰] "화장이 대세…품위 있
는 장례문화·자연장 확산 추진", 2018.08.24.(http://www.
sisajournal-e.com/news/articleView.html?idxno=188245)

29) 참조 : 김외정, 《천년도서관 숲》, 메디치미디어, 2015.

30) 참조 : 위의 책

31) 참조 : 위의 책

치유의 숲길에서
나를 만나다

초판인쇄 2021년 10월 11일
초판발행 2021년 10월 18일

지 은 이 숲해설가 장 이 기
발 행 인 조현수
펴 낸 곳 도서출판 더로드
기   획 조용재
마 케 팅 최관호
편집교정 강상희
디 자 인 Design one

주   소 경기도 고양시 일산동구 백석2동 1301-2
              넥스빌오피스텔 704호
전   화 031-925-5366~7
팩   스 031-925-5368
이 메 일 provence70@naver.com
등록번호 제2015-000135호
등   록 2015년 06월 18일
I S B N 979-11-6338-186-0(03810)

정가 16,500원